HEYNE BÜCHER

Von Barbara Cartland sind
als Heyne-Taschenbücher erschienen:

Duell der Herzen · Band 01/6225
Das Schloß der Liebe · Band 01/6259
Flucht vor der Liebe · Band 01/6318
Träume werden Wirklichkeit · Band 01/6353
Die Vollendung der Liebe · Band 01/6404
Das gestohlene Herz · Band 01/6441
Ein Liebeslied · Band 01/6451
Dämmerung der Liebe · Band 01/6488
Ein widerspenstiger Engel · Band 01/6585
Im Sog der Leidenschaft · Band 01/6604
Anschlag auf die Liebe · Band 01/6714
Der böse Marquis · Band 01/6770
Prinzessin zwischen Thron und Liebe · Band 01/6869
Wende des Schicksals · Band 01/6961

BARBARA CARTLAND

ANSCHLAG AUF DIE LIEBE

Roman

WILHELM HEYNE VERLAG
MÜNCHEN

HEYNE ALLGEMEINE REIHE
Nr. 01/6714

Titel der englischen Originalausgabe
LOVE FOR SALE
Deutsche Übersetzung von Iris Foerster

Dieser Band erschien bereits mit dem Titel
»Liebe kann man nicht kaufen«.

5. Auflage

Printed in Germany 1990
Umschlagzeichnung: NORMA/Longaron, Barcelona
Umschlaggestaltung: Atelier Ingrid Schütz, München
Satz: Satzherstellung Hanna Knezourek, Passau
Druck und Bindung: Presse-Druck Augsburg

ISBN 3-453-02317-X

VORBEMERKUNG DER AUTORIN

Die Bordellbesitzer verdienten im 18. und 19. Jahrhundert große Vermögen. Einige importierten ihre Frauen vom europäischen Kontinent, aber die meisten lockten anständige englische Mädchen in ihre Klauen, und dann gab es kein Entrinnen. Dienstmädchen, die vom Land nach London kamen, waren eine leichte Beute. Man bot ihnen freie Fahrten in bequemen Kutschen zu ihren Arbeitsstellen an, oder sie wurden durch verlockende Geldangebote in Versuchung geführt.

Bis nach dem Ersten Weltkrieg war kein junges Mädchen in den Straßen Londons sicher, und aus dieser Epoche sind herzzerreißende Geschichten darüber überliefert, wie übel die Mädchen behandelt wurden, und man hört Berichte über ihren frühen Tod durch Alkohol, Drogen und Krankheiten.

ERSTES KAPITEL

1820

Als der Herzog von Oswestry mit seinem Phaeton vor dem Haus in der Park Street vorfuhr, wünschte er, nicht aussteigen zu müssen.

Er besuchte Lady Marlene Kelston nur deshalb, weil er während der letzten vierundzwanzig Stunden von ihr nicht nur einen, sondern drei Briefe erhalten hatte. In jedem teilte sie ihm wortreicher als im vorangegangenen mit, sie müsse ihn sofort sprechen.

Er konnte sich nicht denken, was sie veranlaßt hatte, ihm zu schreiben, nachdem sie sich schon vor fast drei Monaten getrennt hatten.

Er hatte ein kurzes, leidenschaftliches Verhältnis mit Lady Marlene gehabt. Als es in einem bitteren Streit endete, wobei sie einander heftig beleidigt hatten, sagte er sich, es sei von allem Anfang an töricht von ihm gewesen, sich mit ihr einzulassen.

Lady Marlene war eine sehr selbstbewußte Frau und während der letzten zwei Jahre die Schönheit von St. James' gewesen.

Seine Mutter hatte ihn stets vor ihr gewarnt und gesagt:

»In den Kelstons fließt schlechtes Blut!«

Der Herzog gestand sich ein, daß sie recht gehabt hatte. Nachdem er mit Lady Marlene eine enge Beziehung hatte, zeigte sich bald ihr schlechter Charakter.

Für die Welt strahlte sie Charme aus, und ihre kecke Mißachtung der gesellschaftlichen Konventionen hatte einen eigenen Reiz.

Sie war verheiratet gewesen, als der Herzog in Wellingtons Armee kämpfte. Ihr Mann war bei Waterloo verwundet worden und schließlich vor drei Jahren seinen Verletzungen erlegen.

Lady Marlene hatte die übliche Trauerzeit kaum abgewartet, ehe sie wie ein Meteor in den besten Kreisen erschien. Und es gab keinen Zweifel daran, daß sie großen Erfolg gehabt hatte.

Sie war in der Tat außergewöhnlich schön, und schließlich gab der Herzog ihrem Werben nach.

Was er nicht erwartet hatte, ja, was überhaupt niemand für möglich gehalten hatte, war der Umstand, daß Lady Marlenes Launen und unersättliche Forderungen ihn so rasch langweilen würden.

Aber wenn Lady Marlene unberechenbar war, so war es der Herzog ebenfalls.

Er stand kurz vor seinem dreißigsten Geburtstag und besaß große Erfahrung mit Frauen.

Sie waren hinter ihm hergewesen seit dem Augenblick, in dem er die Schule verlassen hatte, denn es gab im ganzen Land niemanden, der als gute Partie begehrenswerter gewesen wäre, und keinen Mann, der für das andere Geschlecht so attraktiv und unwiderstehlich war wie er.

Er war auch außerordentlich geschickt darin, sich den Frauen zu entziehen. Durch sein anspruchsvolles Wesen und sein Verlangen nach Vollkommenheit verloren sie für ihn den Reiz so rasch, daß der Prinzregent einmal scherzend sagte: »Ihre Amouren dauern so kurz, Oswestry, daß wir jetzt, da der Krieg vorüber ist, bald Damen vom Kontinent zu Ihrem Vergnügen werden einführen müssen.«

Der Herzog hatte pflichtschuldigst gelacht, doch sein Blick hatte sich dabei verdüstert, aber der Prinzregent hatte es nicht bemerkt.

Der Herzog mißbilligte es, wenn man über seine Liebesaffären sprach. Er war der Meinung, sein Privatleben ginge niemanden etwas an.

Aber in der *Beau Monde*, wo man sich mit Vergnügen auf jeden noch so kleinen Skandal stürzte und darüber redete, bis es nichts mehr zu sagen gab, konnte jemand, der so stadtbekannt und herausragend war wie der Herzog, unmöglich irgend etwas geheimhalten.

Das war ein weiterer Grund, weshalb er das Verhältnis mit Lady Marlene gelöst hatte. Sie war indiskret, und das war in seinen Augen unverzeihlich.

Er gab die Zügel seines Pferdes einem Stallknecht, stieg vom Phaeton und bemerkte dabei, daß die Knöpfe an der Uniform des Lakaien, der neben der Eingangstür stand, dringend einmal geputzt werden sollten.

Lady Marlene hatte nach dem Tod ihres Mannes wieder ihren Mädchennamen angenommen, da sie, wie sie es auf aggressive Weise verkündete, »die Vergangenheit auslöschen« wollte, »und dazu gehört auch mein verstorbener und nicht betrauerter Mann«.

Die Witwen, die sie schon immer scheel angesehen hatten, waren sich darin einig, daß sie sich genauso herzlos und skandalös benahm, wie man es von ihr erwartet hatte.

Schon nach dem Krieg war es aufgefallen, daß Lady Marlene mit einem verkrüppelten Mann nichts anfangen konnte, nachdem er sich seine Verletzungen auf dem Schlachtfeld zugezogen hatte.

»Für mich muß ein Mann ein Mann sein«, hatte Lady Marlene erwidert, als jemand sie getadelt hatte, und es bestand kein Zweifel daran, daß sie wenigstens diesmal die Wahrheit sprach.

Was will sie von mir, um alles in der Welt, fragte sich der Herzog, als er durch die Marmorhalle geführt wurde und ein Diener ihm die Tür zum Salon öffnete.

Der Herzog kannte das Haus gut. Er hatte es oft genug besucht.

Es war seiner Meinung nach billig eingerichtet, und außerdem bedurften die Möbel dringend der Pflege.

Das Familienhaus der Kelstons gehörte Lady Marlenes Bruder, dem Grafen von Stanwick. Aber da der Graf selten in London weilte, wäre es Verschwendung gewesen, wenn sie einen eigenen Haushalt gegründet hätte.

Die Kelstons hatten niemals viel Geld besessen. Das war nicht verwunderlich, denn sie waren alle so anspruchsvoll wie Lady Marlene, nur daß deren Rechnungen von ihren Verehrern bezahlt wurden. Aus diesem Grund befand sie sich immer in einer besseren finanziellen Lage als ihre Verwandten.

Der Salon war leer, und der Diener murmelte:

»Ich werde der gnädigen Frau mitteilen, daß Sie hier sind, Euer Gnaden.«

Der Diener schloß die Tür hinter sich.

Der Herzog ging langsam zum Kamin und fragte sich zum wiederholten Mal, was Lady Marlene ihm wohl zu sagen habe.

Ihren ersten Brief hatte er ignoriert. Aber als der zweite und der dritte Brief eintrafen, hatte er das unbehagliche Gefühl, daß sie ihn schließlich aufsuchen würde, wenn er nicht zu ihr fuhr.

Dies hatte sie früher mehr als einmal getan. Sie war oft im Oswestry House am Berkeley ohne Einladung erschienen und hatte ihn in die unangenehmsten Situationen gebracht, denn seine seriösen Verwandten schätzten sie nicht und äußerten dies auch offen, obwohl sie wußten, daß es den Herzog erzürnte.

Der Herzog nahm seine Stellung als Familienoberhaupt sehr ernst, und von dem Augenblick an, da er den Titel geerbt hatte, war er in allem, was er in der Öffentlichkeit tat, umsichtiger als er es zu Lebzeiten seines Vaters gewesen war.

»Du wirst alt und gesetzt!« hatte ihn Lady Marlene oft geneckt.

Dies geschah gewöhnlich dann, wenn er nicht an einer ihrer Eskapaden teilnehmen wollte oder es kategorisch ablehnte, sie auf einen Ball oder eine Gesellschaft zu begleiten, die von Leuten gegeben wurde, die er nicht mochte.

Er mußte daran denken, wie heftig ihre Auseinandersetzungen gewesen waren, oft so leidenschaftlich wie ihre Liebe, und er sagte sich, daß er sich glücklich schätzen konnte, das Verhältnis gelöst zu haben.

Die Tür ging auf, und Lady Marlene trat ein.

Es bestand kein Zweifel daran, daß sie schön war, selbst der Herzog mußte das zugeben.

Ihre roten Haare leuchteten wie Flammen auf ihrem Kopf, und ihre grünen Augen funkelten unter ihren schwarzen Wimpern.

Als sie auf ihn zukam, lag auf ihrem Gesicht ein Ausdruck, den er nicht deuten konnte.

»Nun bist du also endlich gekommen«, sagte sie, als sie dicht vor ihm stand.

»Ich kann mir nicht denken, warum du mich unbedingt sprechen willst«, sagte der Herzog.

»Es ist sehr wichtig, Randolph.«

»So viel habe ich verstanden.«

Lady Marlene neigte den Kopf ein wenig zur Seite und sah den Herzog an.

Es war für sie eine charakteristische Haltung, die ihre Bewunderer immer bezaubernd fanden.

»Du bist sehr attraktiv«, sagte sie. »Und du siehst besser aus als alle anderen Männer, die mir jemals begegnet sind. Ich frage mich, warum wir überhaupt miteinander gestritten haben.«

»Ich kann nicht glauben, daß du mich herbestellt hast, um mir Komplimente zu machen«, antwortete der Herzog kalt. »Sage mir, was du willst, Marlene. Ich kam mit zwei jungen Pferden, und sie werden unruhig, wenn sie zu lange warten müssen.«

»Pferde! Immer Pferde!« rief sie mit schriller Stimme. »Sie bedeuten dir mehr als jede Frau.«

Der Herzog antwortete nicht, und sie sah, daß er ungeduldig wurde. Er haßte es, wenn eine Frau nicht zum Wesentlichen kam.

»Ich habe dich herbestellt, weil ich ein Kind bekomme!« sagte Lady Marlene nach einer kleinen Pause.

Der Herzog stutzte einen Augenblick und sagte dann kühl:

»Wie kommst du auf die Idee, daß mich das interessieren könnte? Ganz offensichtlich sollte Charles Nazeby darüber informiert werden.«

»Er weiß es bereits«, sagte Lady Marlene kurz.

»Aber wie dir bekannt sein dürfte, ist Charles mittellos.«

Die Lippen des Herzogs verzogen sich zu einem zynischen Lächeln.

»Du kannst nicht von mir erwarten, daß ich für Nazebys Vergnügen bezahle!«

»Ich bitte dich nicht um Geld.«

»Um was dann?«

»Um die Ehe!«

Wenn sie vor ihm eine Bombe hätte explodieren lassen, hätte der Herzog nicht entsetzter sein können.

Er sah sie erschrocken an und sagte nach einer Weile:

»Bittest du mich wirklich im Ernst darum, dich zu heiraten, weil du Nazebys Kind erwartest?«

»Es könnte auch deines sein.«

»Du weißt so gut wie ich, daß dies nicht der Fall ist.«

»Du wirst mir zugestehen, daß ich bestimme, wer der Vater meines unerwünschten Kindes wird«, sagte Lady Marlene. »Und wer könnte ihm einen besseren Start ins Leben geben als ein Herzog?«

Einen Augenblick herrschte Schweigen, ehe der Herzog erwiderte:

»Wenn das alles ist, was du mir zu sagen hast, Marlene, dann habe ich mit meinem Besuch meine Zeit vergeudet. Ich möchte mich jetzt verabschieden.«

Während er sprach, ging er zur Tür. Aber sie stellte sich ihm in den Weg und sah ihm in die Augen.

»Es ist sinnlos wegzulaufen, Randolph«, sagte sie. »Ich wollte dich schon immer heiraten, und ich werde dir eine amüsante Ehefrau sein.«

»Du magst vielleicht vorhaben, mich zu heiraten, aber

ich habe nicht die Absicht, dich zu heiraten, und übrigens auch keine andere Frau«, erwiderte der Herzog.

»Das war schon immer deine Einstellung«, sagte Lady Marlene. »Aber du weißt, daß du eines Tages heiraten mußt, sonst erbt dein Bruder Julius den Titel. Jetzt ist genau der richtige Augenblick, um ihn für immer auszustechen.«

»Ehe wir uns in ein weiteres Gespräch über meinen Bruder verstricken, möchte ich dir klarmachen, daß ich dich niemals heiraten werde, und es zwecklos ist, darüber noch länger zu diskutieren«, sagte der Herzog eisig.

»Aber es spricht alles für eine Ehe zwischen uns«, beharrte Lady Marlene. »Und wenn ich jemanden heiraten muß, dann möchte ich, daß du es bist.«

»Ich glaube, ich sollte dies als ein Kompliment auffassen, aber leider hast du deine wahren Gefühle mir gegenüber sehr deutlich zum Ausdruck gebracht, als wir uns trennten.«

»Du bist sehr nachtragend! Wir hatten damals beide die Selbstbeherrschung verloren und uns gegenseitig wehgetan. Was immer ich damals auch gesagt haben mag, Randolph, ich liebe dich, und ich habe dich immer geliebt.«

»Wie rührend von dir!« sagte der Herzog ironisch. »Ich glaube nicht, daß Nazeby sehr erfreut wäre, das zu hören.«

»Das hat nichts mit Charles zu tun! Er kann mich nicht ernähren, und er hat sowieso schon gemeint, daß es leicht auch dein Kind sein könnte und nicht seines.«

»Das überrascht mich nicht«, sagte der Herzog. »Nazeby würde niemals zu seinen Pflichten stehen.«

»Aber du tust es, und deshalb möchte ich dich heiraten, Randolph.«

Der Herzog seufzte.

»Ich dachte, ich hätte mich klar genug ausgedrückt, daß ich dich nicht heiraten werde. Außerdem lehne ich die Verantwortung für das Kind ab, das du erwartest. Guter Gott, es ist drei Monate her, seitdem wir uns zum letzten Mal gesehen haben.«

»Nicht ganz drei Monate«, sagte Lady Marlene. »Deshalb könnte es möglicherweise auch dein Kind sein.«

»Nur ein Narr würde das akzeptieren, und ich bin kein Narr, Marlene.«

Der Herzog machte einen Schritt in Richtung zur Tür, und wieder trat ihm Lady Marlene in den Weg.

Ihre grünen Augen wurden jetzt schmal, und es lag eine Spur Bosheit in ihrer Stimme, als sie sagte:

»Willst du wirklich nichts für mich tun?«

»Nein, nichts!«

»Gut, dann lasse ich sofort meinen Bruder kommen. Er wird mir nicht nur glauben, sondern er wird mich auch darin unterstützen, dich zur Vernunft zu bringen!«

Der Herzog war sicher, daß der Graf sofort die Vorteile erkennen würde, die darin lagen, einen reichen Schwager zu bekommen.

Er war ein unbeherrschter Mann und so unberechenbar wie seine Schwester, aber noch gefährlicher.

Er war in unzählige Händel und sogar in Aufstände verwickelt gewesen.

Er machte Schwierigkeiten, wo immer er auftauchte. Nach dem letzten seiner regelmäßigen Besuche in London seufzten seine Freunde ebenso wie seine Feinde erleichtert auf, als er wieder abreiste.

Der Herzog wußte nur zu gut, welchen Ärger der Graf ihm machen konnte, und obwohl er sich nicht im geringsten vor einem Duell mit ihm fürchtete, wußte er doch, daß dies einen Skandal auslösen würde, auf den sich die Beau Monde mit Vergnügen stürzen würde.

Jede kleine Einzelheit ihrer Auseinandersetzung wegen Lady Marlene würde nicht nur der Beau Monde bekannt, sondern auch der Öffentlichkeit.

Dies verabscheute er mehr als alles andere, und er schreckte vor dem Klatsch zurück, der sich daraus ergeben würde.

Lady Marlene ahnte, was er dachte und sagte mit triumphierender Stimme:

»Hector wird mir glauben, und er wird dafür sorgen, daß du, Randolph, mich die Folgen unserer Liebe nicht allein tragen lassen wirst!«

Der Herzog antwortete ihr nicht, und nach einer Weile sagte sie:

»Es wäre klüger von dir, wenn du ohne viel Aufhebens nachgibst. Du wirst es am Ende doch tun müssen!«

»Was ich am meisten verabscheue, ist es, erpreßt zu werden!« sagte der Herzog, und seine Stimme klang eisig.

Lady Marlene warf den Kopf zurück und lachte.

»Wenn du meinst, deine Worte würden mich beeindrucken, dann irrst du dich! Gut, Randolph, ich erpresse dich! Ich bin ganz sicher, wenn ich meinen Verwandten erzähle, wie verantwortungslos du dich mir gegenüber benimmst, werden auch sie dich erpressen!«

Ihre Augen blitzten, und sie sah ihn herausfordernd an. Sie suchte in seinem Gesicht nach einer Reaktion, aber die grimmige Miene des Herzogs verriet nichts, und Lady Marlene erlebte nicht die Genugtuung zu sehen, wie beunruhigt der Herzog war.

»Meine Tante Agnes ist die erbliche Lady-of-the-Bedchamber Ihrer Majestät«, sagte Lady Marlene hochmütig. »Ich bin sicher, die Königin wäre empört über dein Verhalten, wenn sie davon erfährt. Und mein Onkel George ist immer noch ein angehender Lord, obwohl er schon über fünfundsiebzig Jahre alt ist. Sie beide könnten die Geschichte im Buckingham Palast verbreiten!«

Der Herzog sah sie an, und seine Augen waren wie Achate.

Ihm war klar, daß es sein eigener Fehler war, sich jetzt in dieser gefährlichen Situation zu befinden. Aber wie hätte er auch annehmen können, und woher hätte er wissen sollen, daß hinter dem schönen Äußeren Lady Marlenes das Herz einer Viper schlug?

In diesem Augenblick empfand er Abscheu vor Lady Marlene, und er zweifelte an seinem eigenen guten Geschmack, daß er sie jemals für liebenswert gehalten hatte.

In einer plötzlichen Stimmungsänderung sagte Lady Marlene:

»Bitte verzeih mir, Randolph. Ich wollte dich nicht bedrängen. Wenn du mich heiratest, werde ich mich korrekt benehmen, und wir werden beide unseren Spaß aneinander haben, so wie früher, ehe wir diesen dummen Streit begannen.«

Sie hielt inne und wartete, daß er etwas erwiderte. Aber der Herzog schwieg und deshalb fuhr sie fort:

»Du weißt, ich werde die Oswestry-Diamanten mit Anmut tragen. Und ich werde Gesellschaften geben, auf die eingeladen zu werden, sich jedermann reißen wird.«

Sie lächelte, und ihr Gesicht wurde noch schöner.

»Und vergiß nicht, was für ein Vergnügen es sein wird, deinen boshaften Bruder aus dem Sattel zu heben.

Ich glaube, du weißt, wie skandalös er sich zur Zeit benimmt, obwohl er dir im Augenblick finanziell nicht auf der Tasche liegt. Aber deine Vorfahren würden sich seinetwegen im Grabe umdrehen!«

»Ich wünsche nicht, mit dir über Julius zu sprechen«, sagte der Herzog scharf. »Was mein Bruder macht oder was er nicht macht, geht dich nichts an, ebenso wenig, wie du mich etwas angehst!«

Er ging an Lady Marlene vorbei zur Tür, ehe sie ihn aufhalten konnte.

»Wenn das dein letztes Wort ist, lasse ich Hector kommen«, rief sie ihm nach.

»Dann lasse ihn kommen und sei verdammt!«

Der Herzog verließ rasch den Salon, und Lady Marlene hörte, wie seine Schritte auf dem Marmorboden hallten.

Einen Augenblick lag ein besorgter Ausdruck in ihren grünen Augen, doch dann lächelte sie zufrieden.

»Diesmal entkommt er mir nicht!« sagte sie laut.

Als der Herzog in seinem geschlossenen Brougham von seinem Club nach Hause fuhr, fragte er sich, wie schon den ganzen Abend, was er unternehmen sollte.

Er war nach dem Gespräch mit Lady Marlene so beunruhigt gewesen, daß er einen Boten mit einer Entschuldigung in das Holland House geschickt hatte, wo er zu einem Abendessen erwartet worden war.

Er ging statt dessen zum Diner in den White's Club. Er traf dort zahlreiche Bekannte, war aber so geistesabwesend, daß einige von ihnen ihn fragten:

»Was ist mit dir los, Randolph? Du bist so niedergeschlagen.«

Der Herzog wollte nicht zugeben, daß er deprimiert war und entschuldigte sich mit Kopfschmerzen.

Er scheute einen Skandal, aber noch wesentlich mehr war ihm die Vorstellung zuwider, Lady Marlene zu heiraten.

Während der ganzen Zeit ihrer Verbindung hatte er immer gewußt, daß sie charakterlos war, und wenn jemand sie kränkte, konnte sie zu dem Betreffenden sehr unangenehm sein.

Aber er hatte sich niemals auch nur für einen Augenblick vorgestellt, daß sie zu den erpresserischen Methoden greifen könnte, die sie jetzt anwandte, um ihn zur Ehe zu zwingen.

Er wollte keine Xanthippe zur Frau. Und er wollte keine Frau, die so wenig Anstand besaß und ihm das Kind eines anderen Mannes unterschieben wollte, eines Mannes, den der Herzog außerdem noch verachtete.

Sir Charles Nazeby war ein Verschwender, ein Lebemann, der von seiner Schlauheit lebte und der beim Kartenspiel skrupellos betrog, wie der Herzog vermutete, obwohl er keinen Beweis dafür hatte.

Der Herzog mußte um jeden Preis verhindern, daß ein Kind dieses Mannes, sollte es ein Junge sein, eines Tages der Herzog von Oswestry werden würde.

Obwohl der Herzog niemals darüber sprach, war er stolz, daß seine Familie während der ganzen Geschichte hindurch der Monarchie und dem Land nach besten Kräften gedient hatte.

Der Familienname lautete Westry, und es hatte Westrys gegeben, die große Staatsmänner gewesen waren, Westrys, die sich auf dem Schlachtfeld durch Tapferkeit ausgezeichnet hatten und Westrys, die zu Schiff die Welt erforscht hatten.

Sie hatten stets die Achtung und Bewunderung ihrer Mitbürger genossen, und der Herzog war entschlossen, die Erinnerung an seine Vorfahren in Ehren zu halten.

Er sagte sich, daß er schon früher hätte heiraten und einen Sohn zeugen sollen, anstatt sich mit Frauen wie Lady Marlene abzugeben. Aber er hatte sich immer gewünscht, daß seine Ehe etwas Besonderes sein sollte.

Weil er wußte, wie viele Ehen seiner engsten Freunde unglücklich oder mindestens langweilig waren, hatte er sich vorgenommen, Junggeselle zu bleiben.

Er sagte jedermann, der ihn vor den Altar bringen wollte, er habe beschlossen, ledig zu bleiben.

Er wollte später, wenn er seine Freiheit nicht mehr so sehr genießen würde wie im Augenblick, das tun, was offensichtlich seine Pflicht war: heiraten.

Er genoß es, seine Häuser und seine riesigen Besitztümer ohne die Ratschläge einer Frau zu verwalten. Und er war auch ehrlich genug um zuzugeben, daß er mit großem Vergnügen unter den schönsten Frauen wählen konnte, die ihm alle nur zu bereitwillig ihre Gunst erwiesen.

Ihm war bekannt, daß jede Schönheit in der Beau Monde es für eine Auszeichnung hielt, seine Geliebte zu werden. Und es war ihm angenehm zu wissen, daß die meisten von ihnen ihm auch dann nicht die Sympathie entzogen und seine Gegenwart schätzten, wenn er die Verbindung löste.

Zwar hatte er vielen das Herz gebrochen, aber er glaubte zynischerweise, daß nur wenige Frauen auf Dauer leiden würden, und daß die Wunden, die er ihnen zugefügt hatte, schnell heilen würden.

Und jetzt bedrohte ihn Lady Marlene Kelston aus

heiterem Himmel, auf eine Weise, wie er es weder erwartet noch jemals zuvor erlebt hatte.

Plötzlich empfand er die Situation als so unerträglich, daß er abrupt vom Kartentisch aufstand und den Club ohne eine weitere Erklärung verließ.

Er hörte nicht einmal, wie seine Freunde ihm nachriefen:

»Randolph, du hast deine Gewinne liegengelassen!«

Als er gegangen war, sahen sie sich fragend an.

»Was ist mit Oswestry los? Ich habe ihn noch niemals so geistesabwesend erlebt.«

»Das muß mit einer Frau zusammenhängen«, meinte jemand.

Darüber lachten die anderen schallend.

»Mit einer Frau? Hast du je erlebt, daß Oswestry sich Gedanken um eine Frau macht? Wenn er mit dem kleinen Finger schnippt, kommen Dutzende gelaufen!«

»Das ist allerdings wahr«, sagte ein junger Mann. »Und verdammt nochmal, mit seinem Charme und seinem Geld verdirbt er den Markt.«

Als die Kutsche die Berkeley Street hinabfuhr und in den Berkeley Square einbog, kam es dem Herzog so vor, als drehe sich in seinem Kopf eine Tretmühle. Er konnte seine Gedanken nicht ordnen.

Immer wieder stellte er sich die gleiche Frage, was er gegen Lady Marlene unternehmen sollte, und fand keine Antwort.

Als er aus der Kutsche stieg, machte er ein so grimmiges Gesicht, daß der Diener, der ihm die Tür öffnete, ihn erschrocken ansah.

Das Hauspersonal wußte sehr gut, daß der Herzog nur

dann früher nach Hause kam, wenn etwas nicht stimmte. Die meisten von ihnen dienten dem Herzog schon seit vielen Jahren.

Ein Diener rollte eilig den roten Teppich auf dem Gehweg aus, und der Butler stand in der offenen Tür, um den Herzog zu empfangen.

Als der Herzog die Stufen vor der Eingangstür seines Hauses erreichte, hörte er plötzlich einen Schrei, und eine Frau kam den Gehweg entlanggerannt. Sie stürzte auf den Herzog zu, klammerte sich an ihn und rief:

»Retten Sie mich... retten Sie mich!«

Sie war außer sich vor Furcht, und der Herzog blickte sie überrascht an. Er sah in ein sehr junges Gesicht und in zwei ängstliche Augen.

»Retten Sie mich!« wiederholte sie. »Bitte helfen Sie mir... sie wollen... mich fangen!«

Der Butler kam rasch die Treppe herunter und zog die Frau vom Herzog weg.

»Genug damit!« sagte er grob. »Wir können niemanden von Ihrer Sorte hier gebrauchen!«

Während er sprach, trat ein kräftiger junger Diener, der eben den Teppich ausgerollt hatte, auf die andere Seite der jungen Frau.

»Überlassen Sie das uns, Euer Gnaden«, sagte der Butler.

Er wollte die Frau fortführen, aber sie rief:

»Bitte... bitte... man hat mir gesagt... es sei Lord Julius Westrys Kutsche... aber ich bin sicher... das war eine Lüge!«

Der Herzog blickte über die Schulter zurück und fragte scharf:

»Wer, sagten Sie?«

»Bitte helfen Sie mir ... helfen Sie mir ...«

Die Frau begann zu weinen.

»Laßt sie los«, befahl der Herzog.

Als der Butler und der Diener ihm gehorchten, lief die Frau sofort zum Herzog zurück und sagte schluchzend:

»Sie wollten ... mich ... einsperren!«

Der Herzog sah in einiger Entfernung zwei Männer unschlüssig dastehen. Sie hatten die Verfolgung ihres Opfers eingestellt, als sie sahen, mit wem sie sprach.

»Sie haben eben einen Namen erwähnt«, sagte der Herzog ruhig. »Würden Sie ihn bitte noch einmal wiederholen?«

»Lord Julius ... Westry ... sagte mir, er hätte ... eine Arbeit für mich.«

Der Herzog sah sie prüfend an, als wolle er sich überzeugen, daß sie die Wahrheit sagte.

»Kommen Sie mit mir ins Haus. Dort können Sie mir ausführlich erklären, was passiert ist.«

Die junge Frau blickte ängstlich über die Schulter zurück, und als sie die Männer in der Ferne sah, schauderte sie und lief rasch hinter dem Herzog, der bereits die Eingangshalle betreten hatte, die Stufen hoch.

Er legte seinen Mantel, Stock und Zylinder ab und ging durch die Halle.

Sie folgte ihm. Ein Diener öffnete eine Tür, und sie betraten die Bibliothek.

Es war ein großer, eindrucksvoller Raum, dessen Fenster zum Garten hinauslagen.

Die Vorhänge waren geschlossen. Im Kerzenlicht sah sie Bücher in hohen Chippendaleregalen, einen großen Schreibtisch mitten im Raum unter einer gemalten Decke, ein Sofa, sowie zwei Sessel vor dem Kamin.

Der Herzog stellte sich mit dem Rücken zum Kamin, wie es seine Gewohnheit war, und betrachtete seine Besucherin.

Sie war zierlich und sehr jung, und wie er überrascht feststellte, unerwartet reizvoll.

Sie hatte große Augen in einem herzförmigen Gesicht, und ihr Haar unter ihrer unmodernen Haube hatte die Farbe reifen Korns. Die Augen waren nicht blau, sondern, wenn er sich nicht täuschte, grau wie ein Wintersee.

Sie sah ihn ängstlich an, und ihre Miene drückte immer noch Entsetzen aus. Er sah, daß sie zitterte.

»Bitte nehmen Sie Platz«, sagte er ruhig.

Als ob seine Stimme ihr Sicherheit geben würde, ging sie anmutig zu einem Sessel und setzte sich auf dessen Rand. Sie faltete die Hände im Schoß.

Ihre Kleidung war altmodisch und aus billigem Stoff, aber geschmackvoll.

Nach dem, was er bisher von ihr gehört hatte, war er sicher, daß sic gebildet war, und sie war charmant.

Er ging zum Getränketablett hinüber, das in einer Ecke stand.

»Sie brauchen nach diesem unangenehmen Erlebnis eine Stärkung«, sagte er. »Trinken Sie lieber Champagner oder Limonade?«

»Ich hätte gern ... ein Glas Limonade, wenn es Ihnen recht ist.«

Als der Herzog die Limonade einschenkte, dachte er, daß er dieses Getränk bisher noch keiner Frau in diesem Raum angeboten hatte.

Das Mädchen aber war so jung, daß er annahm, sie würde keinen Alkohol trinken.

»Danke«, sagte sie, als er ihr das Glas reichte.

Er bemerkte, wie ihre Hand zitterte, und bewunderte ihre Selbstbeherrschung.

Da er glaubte, er würde sitzend weniger furchterregend wirken, nahm er ihr gegenüber Platz.

»Nun erzählen Sie mir, was Sie so in Furcht versetzt hat«, sagte er. »Außerdem würde ich gern erfahren, was Lord Julius Westry mit der ganzen Affäre zu tun hat.«

Das Mädchen stellte ihr Glas auf einen Beistelltisch neben ihrem Sessel und faltete die Hände, ehe sie antwortete:

»Ich glaube, Sir, ... ich muß mich zuerst dafür entschuldigen, daß ich mich Ihnen aufgedrängt habe. Aber ich hatte solche Angst, ... und ich konnte an nichts anderes denken als daran, zu fliehen und von der Kutsche wegzulaufen, ... in die ich an der Poststation in Islington eingestiegen war ...«

Der Herzog wußte, daß dort die Postkutschen aus dem Norden eintrafen.

»Ich bin froh, daß ich Ihnen helfen konnte«, erwiderte er ruhig. »Erzählen Sie mir nun genau, was geschehen ist, damit ich sicher sein kann, daß man Sie nicht weiter verfolgt, wenn Sie dieses Haus verlassen.«

Der Herzog sah, wie das Mädchen vor Angst den Atem anhielt.

»Glauben Sie ... man wartet auf mich?«

»Wer sind sie?«

»Zwei Männer, ... einer saß auf dem Kutschbock, und der andere war, glaube ich, ein Diener des Hauses, ... in das man mich bringen wollte.«

»Was war das für ein Haus?«

»Ich ... ich glaube, es war Hay Hill Nummer 27.«

Der Herzog sah sie scharf an.

»Sind Sie sicher?«

»Als Lord Julius mir schrieb, teilte er mir mit, ... daß ... eine Kutsche mich in Islington abholen würde ... Aber er schrieb mir nicht, ... wohin man mich bringen würde ... Erst als ich das Blatt Papier in der Kutsche las, schöpfte ich Verdacht, ... und ich fürchtete mich sehr.«

Der Herzog lächelte.

»Das klingt alles sehr kompliziert. Fangen wir doch von vorne an. Nennen Sie mir zuerst Ihren Namen.«

»Udela Hayward.«

»Und wo wohnten sie bisher, Miß Hayward?«

»Außerhalb von Huntingdon. Mein Vater war der Pfarrer von Little Storton.«

»Sie sagen ›war‹. Ist er tot?«

Udela nickte.

»Ja, er ist vor drei Wochen gestorben.«

Tränen traten ihr in die Augen, aber dann fuhr sie tapfer fort:

»Nach seinem Tod wurde mir klar, daß ich eine Arbeit finden mußte. Da traf ich zufällig Lord Eldridge.«

»Wo?«

Während sie sprach, sah Udela deutlich den Pfarrhausgarten vor sich, in dem sie fast jede Blume gepflückt hatte, um sie auf den Friedhof zu bringen.

Ihr Vater hatte Blumen geliebt, und sie redete sich ein, daß er und ihre Mutter vielleicht vom Himmel herabblickten und zusahen, wie sie die Blumen auf ihren Gräbern verteilte.

Sie pflückte auch die Rosenknospen vom Lieblingsstrauch ihrer Mutter und sagte sich, sie würden einen leuchtend rosaroten Fleck bilden, der sie immer an ihre Mutter erinnerte.

Es war die Farbe des Glücks, dachte Udela, des Glücks, das entschwunden war, als zuerst ihre Mutter starb, und nun auch ihr Vater sie verlassen hatte.

Als sie die staubige Straße entlanggging, die vom Pfarrhaus zum Friedhof führte, sah sie zwei Reiter auf sich zukommen. Ihr fiel auf, daß die Pferde besonders edel waren. Ihr Vater hatte sie gelehrt, die Vorzüge eines Pferdes richtig einzuschätzen. Und er hatte ihr auch das Reiten beigebracht.

Udela hatte niemals die Möglichkeit gehabt, so edle Pferde zu reiten, wie die des Herzogs.

Erst als sie auf gleicher Höhe mit ihnen war, bemerkte sie, daß einer der Reiter der junge Lord Eldridge war, den ihr Vater verachtet hatte.

Sie machte einen höflichen Knicks, und er hielt sein Pferd an und sagte:

»Guten Morgen, Miß Hayward. Es tut mir leid, daß Ihr Vater gestorben ist.«

»Es geschah ganz plötzlich, Mylord.«

»Mein Verwalter sagt, daß ich einen Ersatz für ihn brauche«, fuhr Lord Eldridge fort, »aber Sie können sich ruhig Zeit lassen und vorläufig noch im Pfarrhaus wohnen bleiben.«

»Das ist sehr freundlich von Ihnen. Ich habe mir schon Gedanken gemacht, wo ich hingehen könnte.«

»Sie haben doch sicher Verwandte, nehme ich an?« fragte Lord Eldridge leichthin.

Er hatte ein unangenehmes rotes Gesicht.

Er hatte seinen Vater enttäuscht; denn man hatte ihn in Oxford hinausgeworfen. Sein einziger Ehrgeiz schien es zu sein, Geld für ein ausschweifendes Leben auszugeben.

Sobald er den Titel geerbt hatte, hatten seine Vergnügungen im Eldridge Park das ganze Dorf schockiert. Und Udela war nicht überrascht gewesen, daß der Kirchenstuhl der Eldridges Sonntag um Sonntag leer blieb.

Aber jetzt war Lord Eldridge freundlich zu ihr, und sie sagte dankbar:

»Nein, ich habe keine Verwandten, zu denen ich gehen könnte. Aber ich werde mir so rasch wie möglich eine Arbeit suchen, wenn ich das Pfarrhaus in Ordnung gebracht habe.«

»Dann ist ja alles in Ordnung«, sagte er.

Lord Eldridge wollte weiterreiten, aber sein Begleiter sagte:

»Stelle mich der jungen, hübschen Dame vor, Edward. Vielleicht kann ich ihr helfen.«

Lord Eldridge sah ihn überrascht an und sagte dann:

»Miß Hayward, darf ich Ihnen Lord Julius Westry vorstellen, der Ihre Bekanntschaft zu machen wünscht.«

Udela machte wieder einen Knicks, und Lord Julius stieg zur Überraschung seines Freundes vom Pferd und ging zu Udela hinüber.

»Ich habe Sie sagen hören, daß Sie eine Arbeit suchen, Miß Hayward. Haben Sie etwas Besonderes im Sinn?«

»Nein, Mylord«, erwiderte Udela. »Vielleicht könnte ich als Gouvernante tätig sein, ... ich habe Kinder sehr gern ...«

»Sie sind für so einen Posten viel zu jung«, bemerkte Lord Julius. »Wie alt sind Sie?«

»Ich bin achtzehn Jahre alt, Mylord.«

Als sie sprach, sah sie ihn an und fand, daß er ihr nicht gefiel.

Er war groß und breitschultrig, aber seine Augen

standen zu dicht beieinander und waren hart. Das gab seinem Gesicht einen furchterregenden Ausdruck.

»Ich glaube, ich kann Ihnen helfen«, sagte er. »Nehmen Sie keine feste Stellung an, bis Sie von mir hören.«

Er musterte sie kurz, und zwar nicht nur ihr Gesicht, sondern ihren ganzen Körper, was sie unbehaglich bemerkte.

Ihr wurde plötzlich bewußt, daß ihr Baumwollkleid, das sie schon seit einigen Jahren trug, ihre Figur abzeichnete, und während Lord Julius sie musterte, spürte sie, wie ihr die Farbe in die Wangen stieg.

»Vielen Dank, Mylord«, sagte sie.

»Warten Sie auf eine Nachricht von mir«, sagte er, und es klang wie ein Befehl.

Udela machte einen Knicks vor ihm, und dann noch einen vor Lord Eldridge.

Als sie mit ihren Blumen den Weg zum Friedhof entlangging, empfand sie plötzlich ein unerklärliches Bedürfnis zu laufen und immer weiter wegzulaufen, das sie sich nicht erklären konnte.

Da Lord Julius ihr befohlen hatte, auf seine Nachricht zu warten, hatte sie nicht, wie sie es eigentlich vorgehabt hatte, an ein Arbeitsvermittlungsbüro geschrieben, das es ihres Wissens nach in Huntingdon gab.

Sie war sich nicht im klaren darüber, was sie hätte schreiben sollen oder in welcher Eigenschaft sie sich hätte bewerben können.

Wie sie nur zu gut wußte, gab es für sie zwei Beschäftigungen, entweder als Gouvernante oder als Gesellschaftsdame tätig zu sein, und sie hatte das unbehagliche

Gefühl, daß Lord Julius recht gehabt hatte, als er sagte, sie wäre für die Arbeit als Gouvernante viel zu jung.

Ich könnte ganz kleine Kinder betreuen, dachte Udela.

Als sie sich im Spiegel betrachtete, wünschte sie, sie würde älter aussehen.

Sie hatte Angst vor der Zukunft, aber sie hätte sich noch mehr gefürchtet, wenn sie das Gespräch zwischen Lord Julius und Lord Eldridge mitangehört hätte.

»Ich hätte nie gedacht, Edward, eine solche Schönheit hier in deinem Dorf zu finden«, sagte Lord Julius, als sie die staubige Straße entlangritten.

»Sie ist sehr hübsch«, gab Lord Eldridge zu.

»Hübsch!« rief Lord Julius. »Wenn sie gut gekleidet ist, und Mutter Crawley weiß, wie man die Mädchen anzieht, wird sie eine Sensation in London sein!«

»Das hast du also mit ihr vor!« rief Lord Eldridge.

»Natürlich!« erwiderte Lord Julius. »Ich bin immer auf der Suche nach geeignetem Material, aber ich ziehe nicht oft das große Los, wie ich es heute morgen getan habe.«

Sie ritten einige Minuten schweigend weiter.

Dann sagte Lord Eldridge: »Das arme kleine Ding! Sie tut mir leid. Aber ich glaube, es gibt keine andere Beschäftigung für sie.«

ZWEITES KAPITEL

Udela trank einen kleinen Schluck Limonade, und als sie das Glas vorsichtig wieder auf den Tisch zurückstellte, sagte der Herzog:

»Und deshalb haben Sie auf einen Brief von Lord Julius gewartet. Aber es hätte Ihnen doch merkwürdig vorkommen müssen, daß ein Mann Ihnen eine Stellung anbot, nachdem er sie erst vor wenigen Minuten kennengelernt hatte.«

Udela erwiderte leise:

»Um ehrlich zu sein, Sir, ich hoffte, er würde mich vergessen. Ich habe versucht, in der Gegend eine Stellung zu finden.«

»Was haben Sie unternommen?« fragte der Herzog.

»Im Nachbardorf gab es eine Dame, die eine Gouvernante für ihre zwei kleinen Söhne suchte. Ich habe mich bei ihr beworben.«

»Und was geschah?«

»Sie fand, daß ich für diese Stellung zu jung sei. Aber ich vermute, obwohl es vielleicht anmaßend klingt, daß ihr mein Aussehen mißfiel.«

Der Herzog gab ihr recht. Keine Frau würde eine Gouvernante anstellen, die so reizend aussah wie das Mädchen, das ihm gegenübersaß.

»Ich nehme an, Sie haben den Brief von Lord Julius erhalten?«

»Ja, Sir. Ich bekam ihn vor drei Tagen. Lord Julius schrieb mir, ich solle mit der Kutsche, die beim ›Two-

Headed Swan‹ in Islington um halb sieben eintrifft, nach London kommen. Leider hatten wir unterwegs einen Unfall. Infolgedessen verspäteten wir uns sehr.«

»Aber die Kutsche wartete trotzdem auf Sie?«

»Lord Julius schrieb, sie würde da sein, und in dem Augenblick, als die Postkutsche eintraf, trat ein Diener zu mir und fragte mich, ob ich Miß Hayward sei.«

»Und Sie wußten immer noch nicht, wohin man Sie bringen wollte?«

»Nein. Lord Julius schrieb in seinem Brief, er habe eine geeignete Stellung für mich gefunden.«

Der Herzog schwieg, und Udela fuhr fort:

»Ich fand es sehr freundlich von ihm. Weil er ein Freund unseres Landesherrn war, wußte er einiges über mich und wer meine Eltern waren...«

Ihre Stimme versagte. Mit sichtlicher Anstrengung hob Udela das Kinn und war entschlossen, ihre Gefühle unter Kontrolle zu halten.

»Sie stiegen also in die andere Kutsche um?« sagte der Herzog. »Und was geschah dann? Was hat Sie so aufgeregt und was ließ Sie vermuten, daß die Stellung, die man Ihnen angeboten hatte, nicht das war, was Sie sich vorgestellt hatten?«

»Es... war... dies hier!«

Udela griff nach ihrem Handtäschchen. Es war jene Art Tasche, wie sie vor einigen Jahren in Mode gewesen war. Der Herzog vermutete, daß sie sie selbst angefertigt hatte.

Udela nahm zuerst ein Taschentuch heraus, mit dem sie sich verstohlen über die Augen wischte, ehe sie ein Blatt Papier entfaltete.

Sie stand auf und gab es dem Herzog.

Dann setzte sie sich wieder in den Sessel.

Der Herzog sah sofort, daß es ein billig gedrucktes Flugblatt war, von dem er vermutete, daß es an zahlreiche seiner Freunde und an diejenigen, die in den Clubs von St. James' verkehrten, ausgeteilt worden war.

Zweifellos war auch eines an ihn adressiert worden, aber sein Personal hatte sich nicht die Mühe gemacht, es ihm auszuhändigen.

Die Lippen des Herzogs verzogen sich verächtlich, als er las.

Mrs. Crawley sendet Ihren Kunden Ihre respektvollste Hochachtung und hat das Vergnügen, Ihnen mitzuteilen, daß sie soeben in Hay Hill 27 eine Lieferung unübertrefflicher Schönheiten aus Frankreich erhalten hat. Sie sind in jeder Neigung und jedem exotischen Reiz ausgebildet, wie jene es wünschen, die in den galanten Wissenschaften Experten sind.

Es stehen auch, zum Ergötzen der speziellen Kunden, mehrere taufrische junge Liebchen zur Verfügung, die direkt vom Land kommen und jung und frisch wie die Blumen sind, denen sie gleichen.

»Wo haben Sie diesen Schrieb gefunden?« fragte der Herzog.

»Auf dem Sitz in der Kutsche«, antwortete Udela. »Ich weiß nicht, weshalb ich ihn las. Aber ich war beunruhigt, weil ich keine Ahnung hatte, wohin ich gebracht wurde.«

»Aber Lord Julius' Brief trug doch sicherlich einen Absender?«

»Ja, er schrieb aus dem Club«, erwiderte Udela. »Ich glaube, der Club heißt White's.«

Die Lippen des Herzogs wurden schmal.

Zorn stieg in ihm auf, als ihm bewußt wurde, woher sein Bruder in letzter Zeit so ungewöhnlich viel Geld zu haben schien.

Er wußte jetzt auch, was Lady Marlene gemeint hatte, als er mit unangebrachter Loyalität seinem Bruder gegenüber, sich geweigert hatte, anzuhören, was sie ihm hatte sagen wollen.

Seitdem der Herzog den Titel und das Vermögen seines Vaters geerbt hatte, war er seinem Bruder Julius ein ständiger Dorn im Auge gewesen, denn dieser beneidete ihn um seine Stellung als Familienoberhaupt und war entschlossen, sie zu seinem eigenen Vorteil auszunützen.

Der Herzog hatte ein dutzendmal die Schulden seines Bruders bezahlt, aber trotz aller Mahnungen, künftig sparsamer mit dem Geld umzugehen, kam Julius immer wieder und verlangte stets mehr.

Er war auch in zahllose unangenehme Situationen verwickelt gewesen, aus denen der Herzog ihn herausholte, nur um den Familiennamen zu retten.

Aber der Herzog hätte niemals gedacht, daß ein Mann, der den Namen Westry trägt, so tief sinken und sich als Zuhälter eines Bordells betätigen würde.

Was den Herzog dazu noch verstimmte, war das Bewußtsein, daß seine Freunde ihn nicht über Julius' Machenschaften informiert hatten.

Er vermutete, daß sie zu peinlich berührt gewesen waren, um ihm zu erzählen, was Julius trieb. Aber er erinnerte sich jetzt an die vielsagenden Blicke, die sie untereinander austauschten, wenn Mrs. Crawleys Name fiel.

Ihm wurde nun auch bewußt, daß die Gespräche oft abrupt abgebrochen wurden, wenn er sich seinen Bekannten näherte, oder daß sie das Thema rasch wechselten.

Die Mitglieder des Clubs debattierten immer ausführlich und eingehend über jedes neue Freudenhaus. Jetzt aber fiel ihm auf, daß sie in seiner Gegenwart über Mrs. Crawleys Etablissement, das erst vor drei oder vier Monaten eröffnet worden war, kaum gesprochen hatten.

Er wußte sehr gut, daß für Frauen, die mit den aristokratischen Lebemännern verkehrten, exorbitante Beträge gezahlt wurden. Obwohl er selbst niemals Vergnügen daran gefunden hatte, solche Häuser aufzusuchen, war er doch gelegentlich dazu gedrängt worden, sich Bekannten anzuschließen, besonders wenn es sich um Häuser handelte, in denen es auch noch Spieltische gab.

Er wußte, daß es viel Geld kostete, ein solches Haus zu eröffnen. Man nannte es oft auch ›Palast des Vergnügens‹, und er stellte sich mit wachsendem Zorn vor, daß Julius, um eine solche Summe zusammenzubekommen, von Wucherern Geld geliehen haben mußte, in der Erwartung, das Herzogtum zu erben.

Sein Ärger zeigte sich in seinem Gesicht, und Udela fragte ängstlich:

»Sie sind zornig... es tut mir leid, wenn ich etwas gesagt haben sollte, was Sie erzürnt hat...«

»Ich bin empört darüber, daß ein junges, unschuldiges Mädchen nach London gelockt wurde«, erwiderte der Herzog mit beherrschter Stimme.

»Ich vermute jetzt, daß ich in eines dieser verworfenen Häuser gebracht werden sollte, vor denen Papa die Dorfmädchen immer gewarnt hat.«

»Hatte Ihr Vater Veranlassung dazu, das zu tun?« fragte der Herzog.

»Ja, denn einige Mädchen wollten unbedingt in Londoner Häusern arbeiten, weil sie dort mehr Geld verdienten als auf dem Land.«

»Aha, und zog Ihr Vater Erkundigungen für sie ein?«

»Ja. Er tat es mit großer Sorgfalt. Er hatte erfahren, daß die Mädchen manchmal, wenn sie in London eintrafen, von boshaften Frauen empfangen wurden, die ihnen kostenlos eine Fahrt in einer bequemen Kutsche anboten. Danach wurden die Mädchen aber nie wieder gesehen.«

»Und deshalb fürchteten Sie, daß es Ihnen ähnlich ergehen könnte?« fragte der Herzog.

»Ich hätte mir nie vorgestellt... ich hätte mir nie träumen lassen, ... daß ein Freund von Lord Eldridge so etwas tun würde. Nachdem ich das Flugblatt in der Kutsche gelesen hatte, bekam ich Angst.«

»Und das mit Recht.«

Udela holte tief Luft.

»Und als dann die Kutsche hielt...«, begann sie, aber ihre Stimme starb ab.

»Das war vermutlich vor dem Haus in Hay Hill«, sagte der Herzog.

»Ja. Das Haus war hell erleuchtet, und die Haustür stand weit offen. Herren mit Zylinder und in Mänteln mit Samtkrägen gingen hinein, und man hörte Musik...«

»Und deshalb vermuteten Sie, daß es sich um das Haus handelte, von dem auf dem Flugblatt die Rede war.«

»Ich fragte mich, was ich tun sollte«, sagte Udela. »Dann kam ein Mann aus dem Haus und sagte dem Kutscher, der abgestiegen war: ›Bring sie sofort zur

Rückseite des Hauses, du Narr!‹ Da war ich sicher, absolut sicher, daß dies kein Privathaus war, sondern ein Freudenhaus.«

»Und was haben Sie getan?«

»Ich öffnete die Tür auf der anderen Kutschenseite und sprang auf die Straße. Als ich sie entlanglief, hörte ich einen der Männer schreien. Ich wußte, daß sie mich verfolgen würden und rannte, bis ich Sie sah...«

Ihre Stimme wurde nun sehr leise:

»Ich danke Ihnen, ... daß Sie mich gerettet haben... Gott muß mir im letzten Augenblick geholfen haben.«

Sie fuhr sich mit dem Taschentuch über die Augen.

Der Herzog fand, daß sie, nach einer Prüfung, die jedes Mädchen außer Fassung gebracht hätte, sehr tapfer war.

Er wußte, daß sie recht hatte, als sie sagte, die Zuhälter der Freudenhäuser, sowohl der teuren, als auch der billigen, pflegten die jungen Mädchen an den Poststationen abzufangen.

Sie lockten sie in eine Kutsche und versprachen ihnen einen lukrativen Arbeitsplatz, und dann setzten sie sie unter Drogen und drangsalierten sie so lange, bis sie nicht mehr entrinnen konnte.

Udela hatte in der Tat großes Glück gehabt. Als der Herzog sie ansah, verstand er, weshalb sein schändlicher Bruder geglaubt hatte, sie wäre für Mrs. Crawleys Haus eine Bereicherung.

Sie war außergewöhnlich schön und hatte etwas Frisches und Unschuldiges an sich, das sie noch jünger als achtzehn Jahre aussehen ließ.

Sie besaß eine Anmut, wie man sie bei den Ballettänzerinnen von Covent Garden erwartet hätte. Ihre Gesichtszüge waren vollkommen, ihre Hände zierlich und graziös.

Als der Herzog in ihre unschuldigen großen Augen sah, konnte er sich kein Mädchen vorstellen, das ungeeigneter für die Art von Leben gewesen wäre, das sein Bruder ihr zugedacht hatte.

Ihre Schönheit mußte seinen Bruder in Versuchung geführt haben, sie auszunützen. Aber der Herzog fragte sich, wie sie ihren eigenen Lebensunterhalt verdienen sollte, ohne jemanden zur Seite zu haben, der sie beschützte.

Als erriete sie, was er dachte, sagte Udela ängstlich:

»Ich möchte Ihnen nicht länger zur Last fallen, Sir, ... ich muß irgendwo übernachten, ... aber mein ganzes Gepäck ist in der Kutsche zurückgeblieben ...«

»Ich werde Sie für heute nacht irgendwo unterbringen«, erwiderte der Herzog. »Aber was werden Sie morgen tun?«

Sie machte eine hilflose Geste und sagte:

»Ich werde wieder nach Hause zurückkehren. Ich kann zwar nicht länger im Pfarrhaus wohnen, ... aber ich bin sicher, im Dorf gibt es jemanden, der mich bei sich aufnimmt, bis ich eine Arbeit gefunden habe.«

»Besitzen Sie Geld?« fragte der Herzog.

Sie blickte auf ihre Hände, und er bemerkte, daß sie errötete.

»Sie dürfen mir die Wahrheit nicht verschweigen, Miß Hayward«, sagte er. »Ich kann Ihnen nur helfen, wenn Sie aufrichtig sind.«

»Ich möchte einem Fremden nicht zur Last fallen«, sagte sie zögernd.

»Ich finde, es wäre besser, wenn Sie in mir Ihren Retter

sehen und keinen Fremden«, erwiderte der Herzog mit einem schwachen Lächeln. »Und wenn ich Ihnen weiterhelfen soll, muß ich wissen, was Sie besitzen.«

»Ich erbte von meinem Vater etwas Geld, als er starb«, sagte Udela. »Und ich verkaufte die Möbel. Ich glaube, weil die Dorfbewohner ihn sehr gern gehabt haben, gaben sie mir mehr, als die Sachen eigentlich wert waren. Aber am Ende blieb doch nur wenig übrig.«

»Wieviel?« fragte der Herzog gerade heraus.

»Nur... neun Pfund.«

»Und davon haben Sie Ihre Fahrt nach London bezahlt?«

»Ja. Aber ich habe immer noch sechs Pfund.«

»Und das ist alles, was Sie besitzen?«

»Ja. Papa war mehrere Monate lang krank, ehe er starb. Die Medikamente und die Diät, die der Doktor ihm verschrieb, waren sehr teuer.«

Sie sah den Herzog an. Er glaubte, sie wollte ihm damit sagen, daß sie nicht verschwenderisch mit dem Geld umgegangen war, sondern nur das ausgegeben hatte, was absolut notwendig war.

»Dann gibt es also zwischen Ihnen und dem Verhungern lediglich sechs Pfund«, sagte er nach einer Weile.

»Ich bin sicher, ich werde eine Arbeit finden.«

Das klang nicht sehr zuversichtlich, und der Herzog sah, daß sie sich fürchtete.

Er stand wortlos auf und füllte sein Glas aus der Champagnerflasche, die in einem Eiskübel auf dem Tablett stand.

Er warf einen Blick auf Udelas Glas. Es war immer noch halb voll.

»Haben Sie Hunger? Hätten Sie gern etwas zu essen?« fragte er.

»Nein, danke. Ich habe Brot und Käse gegessen, als an der vorletzten Poststation die Pferde gewechselt wurden. Für die anderen Passagiere, die es sich leisten konnten, gab es eine volle Mahlzeit, aber ich brauchte nur Brot und Käse.«

»Es würde keine Mühe bereiten, Ihnen etwas vorzusetzen.«

»Nein, danke. Ich möchte Ihre Gastfreundschaft nicht weiter in Anspruch nehmen.«

Der Herzog sah, daß sie sich im Zimmer umblickte. Er nahm an, ihr wurde erst jetzt bewußt, daß sie sich allein mit einem fremden Mann in diesem Raum aufhielt.

Er ging mit dem Champagnerglas in der Hand zum Kamin und stellte sich mit dem Rücken davor, wie es seine Gewohnheit war.

Da es Sommer war, brannte darin kein Feuer. Der Kamin war mit Pflanzen und Blumen gefüllt, die vom Oswestry House in Kent gebracht worden waren.

Der Herzog nahm ihren Duft nicht wahr, ja, er bemerkte die Blumen in diesem Augenblick nicht einmal.

Er war sich nur bewußt, daß Udela, die sehr aufrecht am Rand des Sessels saß, ihn mit ihren großen fragenden Augen ansah, und daß ihr ganzer Körper angespannt war.

»Ich möchte Ihnen einen Vorschlag machen«, sagte der Herzog nach einer Weile. »Aber zuerst möchte ich Ihnen sagen, daß Sie heute in meinem Haus übernachten können. Meine Haushälterin wird sich um Sie kümmern.«

»Hier übernachten?« fragte Udela fast unhörbar.

»Ja. Und Sie werden nicht nur von meinem Personal bedient werden, sondern Sie haben auch eine kompetente

Anstandsdame«, sagte der Herzog. »Meine Großmutter, die Herzogin von Oswestry, traf heute nachmittag in meinem Haus ein.«

Udela sagte zögernd:

»Soll das heißen ... daß Sie ...«

»Ja, ich bin der Herzog von Oswestry.«

»Ich habe schon von Ihnen gehört, ... ich hätte es mir natürlich denken können ...«

»Wieso?« fragte der Herzog.

»Sie sehen so ... bedeutend aus, so ... großartig. Sie konnten nur ein Herzog sein oder ein Prinz.«

Der Herzog lachte.

Er wußte, daß Udela arglos sprach und ihm nicht schmeicheln wollte, sondern wie ein Kind sagte, was ihr in den Sinn kam.

Er dachte, daß dies vielleicht das ehrlichste Kompliment war, das er je gehört hatte.

»Vielen Dank«, sagte er, »aber ich glaube, ich sage Ihnen am besten, daß Lord Julius Westry mein Bruder ist.«

Udela stieß einen entsetzten Schrei aus. Vor Furcht sprang sie auf und wäre am liebsten davongelaufen.

»Ich möchte mich für das abstoßende Verhalten meines Bruders entschuldigen«, sagte der Herzog ruhig. »Bitte glauben Sie mir, wenn ich sage, daß ich alles tun werde, um Ihnen zu helfen und das wieder gutzumachen, was Sie durch meinen Bruder gelitten haben.«

Sie sah ihn an und versuchte sich schlüssig zu werden, ob sie ihm glauben oder ob sie lieber fliehen sollte.

Ihre Blicke trafen sich. Und mit einem Feingefühl, über das er selbst überrascht war, wußte er, daß sie spürte, sie konnte ihm vertrauen, und daß es für sie keinen Grund gab, sich so zu ängstigen. Er konnte fast ihre Gedanken lesen, denn sie spiegelten sich in ihren seltsamen grauen Augen.

»Ist das Ihr Ernst?« fragte sie zaghaft.

»Ich versichere Ihnen, daß ich mich für das Verhalten meines Bruders schäme und mich durch ihn gedemütigt fühle. Es ist nicht das erste Mal.«

Udela setzte sich wieder hin.

Dann fragte sie ängstlich:

»Sind Sie sicher, daß es Ihnen recht ist, wenn ich hierbleibe? Ich möchte Ihnen wirklich nicht zur Last fallen.«

»Sie fallen niemandem zur Last«, erwiderte der Herzog.

Er zog an der Klingelschnur. Wenige Sekunden später ging die Tür auf, und ein Diener trat ein.

»Richten Sie bitte Mrs. Field aus, daß Miß Hayward heute hier übernachtet«, sagte der Herzog. »Ihr Gepäck ist während der Reise nach London leider verlorengegangen.«

»Sehr wohl, Euer Gnaden.«

»Und sagen Sie Mrs. Field, ich werde sie in Kürze zu mir bitten, damit sie Miß Hayward in ihr Zimmer begleitet.«

Als der Diener die Tür hinter sich geschlossen hatte, sagte Udela:

»Danke. Vielen Dank.«

»Ich würde Ihnen gern einen Vorschlag machen, wenn Sie damit einverstanden sind«, sagte der Herzog.

»Natürlich.«

»Ich weiß nicht, wie ich es ausdrücken soll«, begann der Herzog, »aber ich möchte nicht nur Ihnen helfen, sondern auch mir selbst. Das mag seltsam für Sie klingen.«

»Es wäre wunderbar, wenn ich Ihnen helfen könnte, nachdem Sie so freundlich zu mir waren.«

»Ich glaube, durch das unerhörte Verhalten meines Bruders stehe ich mehr in Ihrer Schuld als Sie in der meinen«, erwiderte der Herzog. »Aber vergessen wir das im Augenblick und vergegenwärtigen wir uns, daß Sie, wenn Sie dieses Haus hier verlassen, kein Dach über dem Kopf haben, und wenn wir ehrlich sind, auch keine großen Aussichten haben, eine angemessene Stellung zu finden.«

»Ich habe mich immer und immer wieder geprüft«, sagte Udela. »Aber ich fürchte, meine Fähigkeiten sind nicht gut verkäuflich.«

»Ich glaube, die meisten Menschen würden ähnlich denken, wenn sie plötzlich ihren eigenen Lebensunterhalt verdienen müßten.«

»Es ist sehr beschämend, vor allem weil Papa so sehr darauf bedacht war, daß ich eine gute Erziehung erhielt. Mama brachte mir das Klavierspielen bei, wenn auch nicht so gut, daß ich als Pianistin auftreten könnte.«

»Ich glaube nicht, daß das Konzertpodium oder die Bühne der richtige Platz für Sie wären«, sagte der Herzog trocken.

»Ich kann kochen«, fuhr Udela eifrig fort. »Ich habe für Papa immer ausgefallene Speisen zubereitet, die er gern aß, und die unsere alte Mrs. Gibbs überforderten. Aber ich glaube nicht, daß mich irgendjemand als Köchin anstellen würde.«

»Ich kann Sie mir, ehrlich gesagt, nicht in einer Küche vorstellen.«

»Es sieht so aus, als könnte ich weder als Gouvernante noch als Dienstmädchen arbeiten«, sagte Udela. »Was könnte ich sonst noch tun?«

Der Herzog spürte, daß sie an die Beschäftigung dachte, die Lord Julius für sie im Sinn gehabt hatte.

Er sah, wie die Furcht wieder in ihre Augen trat. Sie preßte die Hände aneinander, als wolle sie dadurch verhindern, vor Entsetzen aufzuschreien.

»Ich möchte Ihnen etwas ganz anderes vorschlagen«, sagte der Herzog ruhig.

Er hielt kurz inne und wählte seine Worte sehr sorgfältig, als er sagte:

»Ich befinde mich in einer unangenehmen Lage, die ich Ihnen nicht näher erklären möchte. Es wäre eine große Hilfe für mich, wenn ich der Welt klarmachen könnte, und besonders einer bestimmten Person, weshalb es mir unmöglich ist, sie zu heiraten.«

Udela blickte ihn fragend an, schwieg aber und der Herzog fuhr fort:

»Mein Vorschlag würde sowohl Ihr Problem als auch das meine lösen, vorausgesetzt Sie sind damit einverstanden, daß wir beide für kurze Zeit so tun, als wären wir miteinander verlobt.«

Udela sah ihn erstaunt an.

Der Herzog fuhr rasch fort:

»Ich möchte es ganz deutlich machen, eine Ehe zwischen uns beiden kommt nicht in Frage. Ich habe überhaupt nicht vor, in den nächsten Jahren zu heiraten. Aber wenn ich jetzt einer bestimmten Person beweisen könnte, daß ich verlobt bin, und wenn ich meine Freunde glauben lassen könnte, daß es sich um eine ernste Verbindung zwischen uns handelt, dann würde mich dies, wie gesagt, aus einer schwierigen und unangenehmen Situation befreien.«

»Sie meinen, das würde Ihnen wirklich helfen?«

»Ja, sehr viel.«

»Dann tue ich natürlich, was Sie wünschen. Aber würden Ihre Freunde glauben, daß Sie sich überhaupt mit jemandem wie mir verloben könnten?«

Der Herzog lächelte.

»Sie können sich nicht im Spiegel betrachtet haben, Miß Hayward, oder sollte ich lieber Udela sagen, wenn Sie den Grund eines Mannes bezweifeln, weshalb er Sie heiraten möchte.«

»Aber ich bin völlig unbedeutend und unscheinbar neben den eleganten Damen, mit denen Sie zweifellos gewöhnlich verkehren.«

Während sie sprach, dachte sie an die Zeichnungen in den Modejournalen, die ihre Mutter manchmal gekauft hatte oder an die Gäste, die im Eldridge House verkehrt hatten, als die Mutter des jetzigen Besitzers noch lebte.

Wenn sie die Damen in der Kirche sah, im Winter mit Zobelpelzen bekleidet und im Sommer in Mänteln aus Samt oder Taft, dann hatte sie immer gefunden, daß sie wie Wesen aus einer anderen Welt aussahen.

Als sie daran dachte, empfand sie kraß den Unterschied zwischen dem schlichten, alten Kleid, das sie sich selbst genäht hatte und dem Luxus und der Schönheit des Raumes, in dem sie und der Herzog jetzt saßen.

Als erriete der Herzog ihre Gedanken, sagte er:

»Wenn Sie mit meinem Vorschlag einverstanden sind, daß ich Sie der Welt als meine künftige Frau vorstelle, verspreche ich Ihnen, auch für Ihre passende Garderobe zu sorgen.«

»Sie meinen, Sie wollen mir Kleider kaufen?« fragte Udela überrascht.

»Ich kann schwerlich erwarten, daß Sie sich von den sechs Pfund, aus denen Ihr ganzes Vermögen besteht, voll einkleiden können.«

Udela antwortete nicht. Sie sah sich im Zimmer um und ihr Profil mit der kleinen geraden Nase und dem energischen Kinn hob sich vor dem Bücherregal hinter ihr ab.

Sie ist reizend, dachte der Herzog, so reizend, daß niemand auch nur einen Augenblick lang an meinen Heiratsabsichten zweifeln wird.

Er spürte, daß sie sich unwohl fühlte und sagte:

»Was bekümmert Sie?«

»Ich habe eben daran gedacht, daß es nicht richtig ist, wenn Sie meine Garderobe bezahlen«, sagte Udela. »Vielleicht könnten Sie mir ein wenig Geld leihen. Ich bin nicht anspruchsvoll, und wenn ich später eine Arbeit finde, werde ich alle meine Schulden zurückzahlen.«

Der Herzog glaubte einen Augenblick lang, sie scherze.

Er hatte bisher noch keine Frau kennengelernt, gleichgültig aus welcher Gesellschaftsschicht, die nicht bereit gewesen wäre, von ihm die teuersten Geschenke anzunehmen. Und diese Geschenke bestanden, soweit es seine Geliebten betraf, vorwiegend aus Pelzen, Juwelen und den teuersten Kleidern.

»Ich sehe, daß ich mich nicht deutlich genug ausgedrückt habe«, sagte er. »Wenn Sie die von mir vorgeschlagene Rolle spielen wollen, werden Sie für Ihre Dienste genauso entlohnt, wie wenn Sie irgendeine andere Arbeit verrichten würden. Ich weiß nicht genau, wie lange ich Sie in Anspruch nehmen werde. Aber ich kann Ihnen versichern, daß Sie in Anbetracht Ihrer Dienste, nicht nur mit allem versehen werden, was Sie brauchen, sondern daß ich Ihnen tausend Pfund bezahlen werde, wenn wir uns wieder trennen.«

»Eintausend Pfund!«

Udela brachte die Worte kaum heraus. Aber dann sagte sie:

»Nein, natürlich nicht! Ich kann eine solche Summe unmöglich annehmen.«

»Über diesen Punkt werde ich nicht mit Ihnen streiten«, sagte der Herzog. »Aber ich prophezeie Ihnen, wenn Sie einige Monate lang meine Verlobte gespielt haben oder selbst nur wenige Wochen, wird Ihnen dieser Betrag sehr gering vorkommen, und Sie werden mehr von mir fordern.«

»Wie können Sie auch nur einen Augenblick lang denken, daß ich so undankbar sein könnte«, sagte Udela schockiert. »Bitte... Euer Gnaden... Wenn Sie mir so viel Geld geben wollen, dann kann ich meine Garderobe davon leicht selbst bezahlen.«

»Wieder müssen Sie mir gestatten, daß ich meinen Willen durchsetze«, erwiderte der Herzog. »Ich werde auch diesen Punkt in unseren Vertrag aufnehmen.«

Während er sprach, dachte er daran, daß er bisher oft übervorteilt, getäuscht und erpreßt worden war, und jetzt wollte er Vorsorge treffen, um dies für künftige Fälle zu verhindern.

»Ich werde alles notieren, was ich von Ihnen verlange, und Sie werden es unterschreiben. Dann sind wir sicher, daß jeder von uns sein eigenes Leben weiterführen kann, wenn Sie mich schließlich verlassen, und es wird keine Einwände und Klagen geben.«

»Wie können Sie auch nur einen Augenblick denken, daß ich mich später mit Ihnen auseinandersetzen könnte?« fragte Udela. »Aber sind Sie sicher, daß Sie dies alles auch wirklich von mir wünschen, Euer Gnaden?«

»Ganz sicher.«

»Und es würde Ihnen wirklich helfen? Wollen Sie nicht nur freundlich zu mir sein?«

»Ich versichere Ihnen, Udela, daß ich ein sehr selbstsüchtiger Mensch bin und immer zu allererst an mich denke.«

Als er zu seinem Schreibtisch ging, glaubte er, ihre Blicke erforschten sein Gesicht, ob er es auch ehrlich mit ihr meinte.

»Und was geschieht, wenn ich Sie enttäusche oder ich Sie blamiere?«

»Ich glaube nicht, daß Sie das tun werden.«

»Sie sind sich doch bewußt, daß ich unerfahren bin und noch keinen Mann wie Sie kennengelernt habe.«

Der Herzog war sicher, daß dies der Wahrheit entsprach, aber ehe er antworten konnte, fuhr Udela fort:

»Bevor Lord und Lady Eldridge starben, waren Papa, Mama und ich oft bei ihnen zu Gast und oft zum Mittagessen oder zum Tee. Sie waren die einzigen vornehmen Herrschaften, die ich bisher kennengelernt habe. Papa billigte das Leben, das der junge Lord Eldridge führte, nicht.«

Udela wurde plötzlich bewußt, daß einer der Freunde Lord Eldridges der Bruder des Herzogs war. Sie errötete und sah ihn verlegen an.

Rasch sagte sie:

»Ich werde Fehler machen und Sie werden sich meiner schämen.«

»Ich bin ganz sicher, daß Sie kaum Fehler machen werden«, sagte der Herzog. »Außerdem werde ich bei Ihnen sein, und ich verspreche Ihnen, es wird keine so schwere Prüfung, wie Sie es befürchten. Nachdem unsere Verlobung bekanntgegeben worden ist, werden wir ein paar Besuche über uns ergehen lassen und dann sobald wie möglich auf das Land fahren.«

Udelas Augen leuchteten auf.

»Das wäre... wunderbar.«

Der Herzog mußte jedoch daran denken, daß es ein Fehler wäre, Lady Marlene noch einmal die Möglichkeit zu geben ihn zu erpressen, wenn sie sich von dem Schock über seine Verlobung erholt hatte.

Er nahm an, daß sie nicht so leicht aufgeben würde.

Trotzdem würde es nun, nach seiner Verlobung, Lady Marlenes Bruder, dem Grafen von Stanwick, schwerer fallen, ihn zu erpressen. Denn es war eines, wenn der Graf darauf bestand, daß der Herzog seine Schwester heiratete, aber es war etwas ganz anderes, von ihm zu verlangen, seine Verlobung zu lösen.

Alles Boshafte, Gemeine, Verleumderische, das der Graf und Lady Marlene nun über ihn verbreiten mochten, würde ihrer Eifersucht zugeschrieben werden, dachte der Herzog.

Sie war während der letzten drei Monate nicht mehr mit dem Herzog in der Öffentlichkeit gesehen worden. Alle seine Freunde wußten von ihrem Verhältnis mit Lord Nazeby. Es war nicht anzunehmen, daß irgendjemand glauben würde, für das Kind sei ihr vorheriger Liebhaber verantwortlich.

Der Herzog wußte nicht, wie er auf die Idee gekommen war, daß dies der Ausweg aus seiner peinlichen

Situation wäre. Aber er dachte, vielleicht lag es daran, daß Udela so hilflos und dazu so reizend aussah.

Seine lange Erfahrung mit Frauen sagte ihm, daß sie, gutgekleidet, allen den berühmten und viel gerühmten Schönheiten ebenbürtig war.

Man hatte diese so lange mit Beifall bedacht, daß die meisten Männer und er selbst es gründlich satt hatten, auch nur noch ihre Namen zu hören.

Er wußte, daß jemand, der so jung und unverdorben war wie Udela, etwas Außergewöhnliches für die Londoner Gesellschaft sein würde.

Und sie würde das Interesse auf sich ziehen, weil es ihr gelungen war, den am schwersten zu zähmenden und den begehrtesten Junggesellen im ganzen Land bezaubert zu haben.

Triumphierend dachte er, daß dies eine glänzende Antwort auf Lady Marlenes Ansinnen war. Abgesehen davon war es auch eine wirksame Lösung von Udelas Problemen.

Ich bin noch geschickter, als ich es für möglich gehalten hätte, dachte er, als er sich an seinen Schreibtisch setzte.

Sein Glück hatte ihn nicht verlassen, und er hatte das Unlösbare gelöst.

Er zog ein Blatt Pergamentpapier aus der Schreibtischschublade. Es war mit seinem Wappen verziert. Dann öffnete er eine rote Ledermappe, die ebenfalls sein goldenes Wappen trug.

Er tauchte die neugeschnittene Feder in das feinziselierte goldene Tintenfaß, das ein berühmter Goldschmied unter der Herrschaft Charles II. angefertigt hatte, und begann zu schreiben.

Udela sah seinen Kopf als Silhouette vor dem Licht des Leuchters und glaubte, sie träume.

Es konnte nicht wahr sein, daß sie nach London gekommen war, um von Lord Julius Westry einem Leben der Sünde ausgeliefert zu werden, und daß sie nun von seinem Bruder, dem Herzog, gerettet wurde.

Und jetzt stimmte sie einem Verlobungsvorschlag zu, von dem sie glaubte, er sei lediglich ihrer Fantasie entsprungen.

Wie war es möglich, daß sie sich als die Verlobte des Mannes ausgeben sollte, der vor ihr saß und schrieb und daß man ihnen dies glaubte.

Sie hatte nicht gedacht, daß ein Mann so stattlich und großartig aussehen konnte wie der Herzog.

Als sie mit ihm die Bibliothek betreten hatte, war sie zu verängstigt gewesen, um irgend etwas anderes wahrzunehmen als die Tatsache, daß er sie vor den Männern gerettet hatte, die sie verfolgten und in das hellerleuchtete Haus hatten bringen wollen, von dem sie wußte, daß es die Hölle war.

Nun, da ihr Herz nicht mehr wie wild schlug, und sie sich auch nicht mehr fürchtete, sah sie ihn interessiert an und wußte, daß er das war, was ihr Vater ›einen Herrn‹ genannt hätte.

Ich glaube, er hätte Papa gefallen, dachte sie.

Und konnte irgend etwas fantastischer sein als das, was er ihr vorgeschlagen hatte?

Die bloße Tatsache, daß er nicht nur bereit gewesen war, ihre Garderobe zu bezahlen, sondern ihr auch noch Geld zu geben, weckte in ihr die ungute Frage, was er noch von ihr verlangen würde.

Obwohl Udela im Dorf mit den einfachen Leuten

gearbeitet hatte, war sie unaufgeklärt. Sie wußte natürlich, daß junge Mädchen mit Männern Schwierigkeiten bekamen, daß Kinder ohne Väter geboren wurden und achtbare Leute einen häßlichen Namen für diese Kinder hatten und die Mütter wie Ausgestoßene behandelten.

Aber sie war nicht sicher, was das Wort ›Sünde‹ in diesem Zusammenhang bedeutete. Sie wußte nicht, was Männer wie Lord Julius taten oder was sich in den Freudenhäusern abspielte.

Sie hatte gehört, daß Männer für ihr Vergnügen bezahlten, das, wie man ihr gesagt hatte, an sich verworfen war. Denn wie konnte ein Mann Liebe kaufen, die frei und aus dem Herzen kommend geschenkt werden sollte.

Es war alles so verwirrend. Und als sie darüber nachdachte und zu begreifen versuchte, was geschah, fühlte sie sich plötzlich sehr müde. Sie sagte sich, daß dies vermutlich daher kam, weil sie am vergangenen Abend sehr lange aufgeblieben war, um ihre restlichen Sachen zu packen.

Nach nur zwei Stunden Schlaf war sie aufgestanden und hatte sich angezogen, um rechtzeitig die Postkutsche zu erreichen, die am Dorfende die Kreuzung passierte.

Plötzlich hatte sie das Bedürfnis, sich hinzulegen und zu schlafen. Sie wußte, daß es absurd war, so etwas auch nur zu erwägen, wenn es so viele, wichtige Entschlüsse zu fassen gab.

Der Herzog blickte von seinem Schreiben auf und sagte:

»Kommen Sie zu mir, Udela.«

Sie trat neben ihn.

»Ich möchte, daß Sie lesen, was ich geschrieben habe. Und wenn Sie damit einverstanden sind, unterschreiben Sie bitte.«

Er reichte ihr das Blatt Papier.

Seine Handschrift war kräftig und energisch, wie sie ihrer Ansicht nach zu einem Herzog paßte.

»Lesen Sie laut vor«, sagte er.

Udela gehorchte und las mit weicher, melodiöser Stimme:

»Ich, Udela Hayward, erkläre mich damit einverstanden, daß ich die Rolle der Verlobten Seiner Gnaden des Herzogs von Oswestry annehme und, solange er es wünscht, in dieser Eigenschaft auftreten werde.

Ich lasse niemandem gegenüber verlauten, daß es nur eine Scheinverlobung ist, die sowohl den Bedürfnissen Seiner Gnaden als auch meinen eigenen dient.

Ich werde mich korrekt und in vorbildlicher Weise verhalten, bis Seine Gnaden mich aus der Verpflichtung ihm gegenüber entläßt.

Für meine Verdienste werde ich den Betrag von eintausend Pfund annehmen, darüber hinaus aber keine weitere Entschädigung verlangen, sondern wenn die Zeit gekommen ist, sofort und ohne Einwände und Klagen gehen.

Diese Vereinbarung, die ich freiwillig und auf meinen eigenen Wunsch hin treffe, unterzeichne ich mit meinem Namen am zehnten Tag des Juni 1820.«

Udela schwieg und sagte erst nach einer Weile:

»Sind Sie sicher, ganz sicher, Euer Gnaden, ...daß Sie mir so viel Geld geben wollen?«

»Es wird Ihnen ermöglichen, einige Jahre davon zu leben«, erwiderte der Herzog.

»Papas Gehalt betrug dreihundert Pfund im Jahr, und er hat es immer für sehr üppig gehalten«, sagte Udela.

»Dann bin ich sicher, daß die tausend Pfund, die ich Ihnen geben werde, so lange reichen, bis Sie mit einem Mann Ihrer Wahl verheiratet sind«, sagte der Herzog lächelnd.

»Es erscheint mir trotzdem viel zu viel«, sagte Udela leise.

»Ich habe Ihnen schon einmal gesagt, daß ich mit Ihnen nicht darüber streiten will«, erklärte der Herzog bestimmt. »Und wenn Sie keine weiteren Kommentare zu meinem Text abzugeben haben, schlage ich vor, Sie unterzeichnen das Papier. Ich werde es an einem sicheren Ort aufbewahren.«

Er dachte nun, daß er aller Schwierigkeiten enthoben wäre, wenn sie die Scheinverlobung auflösten. Und niemand wird überrascht sein, wenn er seine Verlobung löst, so wie er seine vielen Verhältnisse und Liebesaffären während der letzten Jahre ständig und häufig beendet hatte.

In der Zwischenzeit würde er mit Udela eine kleine Sensation auslösen, indem er sie sozusagen vom blauen Himmel herab der Londoner Gesellschaft präsentierte. Und alles, was Lady Marlene gegen ihn vorbringen würde, wäre von nun an wirkungslos.

Ich bin sehr geschickt, dachte der Herzog befriedigt, als er Udela die Feder reichte.

Er stand auf, und sie setzte sich auf seinen Stuhl.

Sie zögerte kurz, als fürchtete sie sich davor, das Dokument zu unterzeichnen. Aber dann schrieb sie anmutig ihren Namen darunter.

Er nahm das Blatt und verschloß es in einer Schublade.

Dann ging er zur Klingel und läutete.

»Ich hoffe, Sie werden gut schlafen, Udela«, sagte er.

»Morgen werde ich Sie meiner Großmutter vorstellen. Sie wird dafür sorgen, daß die Schneiderin kommt und maßnimmt. Ich möchte nicht, daß Sie in der Öffentlichkeit erscheinen, ehe Sie die passende Garderobe für Ihre Rolle besitzen.«

Er lächelte und fügte dann hinzu, als wolle er ihr mit seinen Worten Sicherheit geben:

»Sie werden die Hauptperson in einem Stück spielen, das uns beide angeht. Und ich bin sicher, daß Sie die Rolle gut spielen werden, sobald Sie den ersten Schock überwunden haben.«

»Ich werde mein Bestes tun, mein Allerbestes, um Ihnen zu gefallen«, sagte sie leise.

Er sah die Aufrichtigkeit in ihren Augen und dachte, es würde ihr schwerfallen zu lügen und etwas anderes als aufrichtig und ehrlich zu sein.

Er konnte sich nicht erinnern, jemals Augen gesehen zu haben, die so ausdrucksvoll waren und jeden kleinsten Gedanken widerspiegelten.

»Werden Sie mir helfen?« fragte Udela.

»Aber natürlich.«

Die Tür ging auf, und die Haushälterin kam herein. Sie war etwa sechzig Jahre alt und eine Autorität, vor der die jungen Dienstmädchen zitterten.

Der Herzog wußte, daß Mrs. Field im wesentlichen dafür verantwortlich war, daß sein Londoner Haus in Ordnung gehalten wurde, und das mit einer Perfektion, die er auf allen seinen Besitztümern forderte.

Sie machte einen Knicks und sagte:

»Guten Abend, Euer Gnaden.«

»Guten Abend, Mrs. Field. Es tut mir leid, daß ich Sie so spät am Abend noch stören muß«, sagte der Herzog.

»Ich möchte, daß Sie sich Miß Haywards annehmen. Sie kam nach einer Reihe von Mißgeschicken heute abend in London an und hat ihr gesamtes Gepäck verloren.«

»Das tut mir leid, Miß.«

Mrs. Field machte auch vor Udela einen Knicks, aber dieser war nicht so tief wie derjenige vor ihrem Herrn.

»Gute Nacht, Udela«, sagte der Herzog. »Ich bin sicher, Sie werden heute nacht gut schlafen und sich über nichts mehr Sorgen machen.«

»Ich will es versuchen, Euer Gnaden.«

Udela machte einen Knicks, und als sie sich erhob, sagte sie so leise, daß es nur der Herzog hören konnte:

»Ich danke Ihnen aus tiefstem Herzen. Ich weiß... Gott hat Sie mir geschickt, um mir zu helfen.«

DRITTES KAPITEL

Udela erwachte mit dem Gefühl, als habe sie sehr lange geschlafen. Einen Augenblick lang wußte sie nicht, wo sie war. Dann erinnerte sie sich an die Geschehnisse des vorangegangenen Abends, und ein Frösteln überlief sie.

Sie war nicht sicher, ob es vor Aufregung oder vor Furcht war.

Als sie zu Bett gegangen war, konnte sie das Entsetzen nicht abschütteln bei dem Gedanken, in was für ein Haus Lord Julius sie hatte bringen wollen.

Dann zwang sie sich, an die Freundlichkeit des Herzogs zu denken und an die Tatsache, daß sie jetzt in seinem herrschaftlichen Haus in der Gesellschaft seiner Großmutter sicher war.

Aber sie fragte sich, wie die Herzogin reagieren würde, wenn ihr Enkel ihr erklärte, er wolle eine Pfarrerstochter heiraten.

Der Gedanke beruhigte sie, daß der Herzog ihr gesagt hatte, sie würde ihn aus einer peinlichen Situation befreien, und er sei selbstsüchtig genug, um vor allem immer erst an sich selbst zu denken.

Udela sagte sich, wenn sie ihm helfen konnte, dann durfte sie sich auch von ihm ihre Garderobe bezahlen lassen, aber andererseits wußte sie, daß es sich nicht schickte, sich so etwas Intimes wie ihre gesamte Ausstattung schenken zu lassen.

Schließlich aber hatte sie keine andere Wahl. Sie konnte schwerlich in dem einzigen einfachen Kleid, das sie besaß, als Verlobte des Herzogs in der Gesellschaft auftreten.

Und selbst wenn sie ihren Koffer nicht in der Kutsche zurückgelassen hätte, wären ihre Kleider zu altmodisch gewesen, um sie im Hause des Herzogs tragen zu können.

Sie sah zu, wie das Zimmermädchen einen Tisch neben ihr Bett schob und ein Frühstückstablett darauf stellte.

Die silberne Kaffeekanne mit dem Wappen des Herzogs, die Silberteller und die Porzellantasse und Untertasse, waren so exquisit, daß Udela fand, sie sollten eher in einer Vitrine stehen, als dem täglichen Gebrauch dienen.

Sie setzte sich im Bett auf und dankte dem Mädchen.

»Wenn Sie noch einen Wunsch haben, Miß, dann läuten Sie bitte«, sagte das Mädchen.

»Vielen Dank«, erwiderte Udela.

Als sie das Frühstückstablett betrachtete, wünschte sie, ihre Mutter hätte es sehen können. Toastbrot lag in einem silbernen Ständer, daneben ein großer Pfirsich und goldenes Besteck. In kleinen kostbaren Schälchen waren Butter und hausgemachte Marmelade.

Udela blickte sich im Zimmer um und war fasziniert von der Schönheit des Raumes.

Während sie die letzte Scheibe des Pfirsichs aß, klopfte es an die Tür, und Mrs. Field kam in ihr Zimmer.

»Ich hoffe, Sie haben gut geschlafen, Miß.«

»Vielen Dank, sehr gut«, sagte Udela. »Ich war sehr müde gewesen.«

»Natürlich, Miß.«

Udela schwieg, und die Haushälterin fuhr fort:

»Ich habe Ihr Kleid gebügelt, Miß. Aber ich fürchte, es ist für den sonnigen Tag zu warm. Ich kann Ihnen leider kein anderes anbieten.«

»Das ist schon in Ordnung«, erwiderte Udela. »Und vielen Dank für das Nachthemd, das Sie mir geliehen haben. Es ist bildschön.«

Das Nachthemd war aus feiner Seide und spitzenbesetzt. Obwohl Mrs. Field es nicht gesagt hatte, nahm Udela an, daß es der Großmutter des Herzogs gehörte.

»Annie bereitet Ihr Bad vor«, sagte Mrs. Field. »Wenn Sie angekleidet sind, möchte Seine Gnaden Sie in der Bibliothek sprechen.«

»Seine Gnaden?« wiederholte Udela fast unhörbar.

»Es hat keine Eile«, sagte Mrs. Field. »Seine Gnaden sind eben ausgeritten. Er wird frühestens in einer halben Stunde zurück sein.«

»Ich stehe sofort auf«, sagte Udela nervös.

Als sie gebadet und sich angezogen hatte, fragte sie sich ängstlich, ob der Herzog ihr wohl sagen wollte, daß er es sich nun doch anders überlegt habe.

Sie hatte gehört, daß Herren abends nach einem guten Essen und viel Alkohol oft Dinge sagten, die sie später widerriefen.

Der Herzog war ihr vollkommen nüchtern erschienen, aber sie war, was Männer anbetraf, so unerfahren, daß sie fürchtete, er könnte seinen Vorschlag, sich mit ihr zum Schein zu verloben, am Morgen sehr wohl bedauern.

Was soll ich tun, wenn er dies vorhat, überlegte sich Udela. Wie soll ich zurechtkommen?

Am Abend zuvor war sie mit dem Gefühl ins Bett gegangen, daß sie im Oswestry House sicher und beschützt war. Der Herzog war so freundlich zu ihr gewesen.

Aber jetzt fürchtete sie, daß sie sich vielleicht bald wieder auf der Straße befinden könnte, und an wen sollte sie sich dann um Hilfe wenden?

Das Vernünftigste wäre es, wieder nach Little Storton zurückzukehren.

Wenn der neue Pfarrer dort eintraf, könnte sie ihn vielleicht bitten, ihr zu helfen. Außerdem hoffte sie, daß einer der Dorfbewohner ihr vielleicht ein Bett geben würde, wenn sie sonst keine Unterkunft finden sollte.

Aber es wäre demütigend, sich auf deren Großzügigkeit zu verlassen. Außerdem hatte sie auch Angst vor Lord Eldridge, denn Lord Julius hatte sich vermutlich bei ihm beschwert, daß sie weggelaufen war.

Was soll ich nur tun, fragte sie sich.

Als sie durch die Halle zur Bibliothek ging, in der sie am Abend zuvor mit dem Herzog zusammengewesen war, betete sie, er möge sie nicht fortschicken.

Ein Diener öffnete ihr die Tür und sagte:

»Seine Gnaden sind erst vor wenigen Minuten zurückgekommen und frühstücken gerade. Ich werde ihm ausrichten, daß Sie hier sind.«

»Vielen Dank«, erwiderte Udela leise.

Sie ging durch die Bibliothek. Die Vorhänge waren jetzt aufgezogen, und der Garten vor dem Fenster leuchtete in allen Farben.

Sie empfand plötzlich Heimweh nach Little Storton und nach ihrer Mutter.

Wenn ich nur die Uhr zurückdrehen könnte, wie es schon so viele Menschen gewünscht haben, sagte sie sich.

Sie mußte ziemlich lange am Fenster gestanden haben, als schließlich die Tür aufging und der Herzog die Bibliothek betrat.

Udela drehte sich ängstlich um.

Er trug noch die Reitkleidung, eine weiße Wildlederhose, Stiefel und einen eleganten Reitrock. Sie fand, daß er weniger furchterregend aussah als am Abend zuvor.

Sie sah ihn ängstlich an und fragte sich, was er ihr wohl mitzuteilen habe. Ihr Herz schlug, als sie daran dachte, daß er ihre Dienste vielleicht nicht mehr benötigte.

Er kam lächelnd auf sie zu.

»Ich hoffe, Sie haben gut geschlafen.«

Udela machte einen Knicks.

»Ja, vielen Dank... Euer Gnaden.«

»Ich wollte Sie sobald wie möglich sprechen, denn mir fielen noch einige wichtige Details ein, die wir gestern abend vergessen haben.«

»Vergessen...?«

Udela dachte erleichtert, daß er es sich augenscheinlich doch nicht anders überlegt hatte.

»Erstens werden uns die Leute fragen, wo wir uns kennengelernt haben«, sagte der Herzog. »Das ist leicht zu beantworten, denn ich bin regelmäßig in Huntingdonshire, nicht bei Lord Eldridge, sondern beim Grafen von Huntingdon.«

Udela hörte dem Herzog aufmerksam zu. Da sie sich so sehr gefürchtet hatte, war sie sehr blaß.

»Ich dachte, wir könnten vernünftigerweise sagen, wir hätten uns vor etwa einem Jahr kennengelernt, als Sie erst siebzehn Jahre alt waren«, fuhr der Herzog unbeschwert fort. »Und obwohl wir Zuneigung zueinander gefaßt hatten, fand ich damals, Sie seien noch zu jung für eine Ehe.«

Der Herzog hielt einen Augenblick inne, überlegte seine nächsten Worte und fuhr dann fort:

»Als ich erfuhr, daß Ihr Vater gestorben war, entschlossen wir uns, unsere Verlobung sofort bekanntzugeben. Klingt das plausibel?«

»Ja, ja... natürlich, Euer Gnaden.«

Udela war so erleichtert darüber, nicht fortgeschickt zu werden, daß ihre Stimme sogar für ihre eigenen Ohren fremd klang.

Der Herzog sah sie fragend an.

»Was bekümmert Sie, Udela? Als ich vorhin die Bibliothek betrat, fand ich, daß Sie ganz verstört aussahen.«

Ihre Wimpern wirkten sehr dunkel auf ihren blassen Wangen.

»Ich fürchtete... Sie hätten es sich anders überlegt und... wollten mich wieder... wegschicken.«

»Ich überlege mir niemals etwas anders«, sagte der Herzog ruhig. »Wenn ich dies oder jenes vorhabe, können Sie sich darauf verlassen, daß ich es auch tue.«

»Bitte entschuldigen Sie«, sagte Udela rasch. »Aber gestern abend waren Sie so großzügig und nahmen mich bei sich auf... es ist für mich wunderbar zu wissen, daß Sie mich... beschützen und...«

»Vergessen wir das«, unterbrach sie der Herzog. »Wir müssen alles vergessen, was gestern abend geschehen ist. Ich habe meinen Butler beauftragt, die Dienstboten sofort zu entlassen, wenn sie darüber sprechen, was gestern vorgefallen ist.«

Der Herzog war sehr ernst, als er fortfuhr:

»Ich habe Ihnen nun gesagt, was wir meinen Bekannten und Verwandten über uns erzählen werden. Aber es gibt noch einige andere wichtige Punkte.«

Während er sprach, ging er zu seinem Schreibtisch und setzte sich.

»Ich muß den vollen Namen Ihres Vaters wissen und ein wenig über Ihre Familie erfahren«, sagte er.

»Papa hieß Henry Lionel Hayward«, antwortete Udela. »Seine Familie stammte aus Northumberland. Sein Vater wurde immer der ›Squire Hayward‹ genannt.«

»Ich stelle mir vor, daß Ihr Großvater nicht sehr wohlhabend war.«

»Er besaß eine Menge Land, aber es war nicht sehr ertragreich. Papa hatte zwei Brüder. Deshalb erbte er selbst nichts.«

»Haben Sie niemals daran gedacht, sich an Ihre Verwandten zu wenden, nachdem Ihr Vater gestorben war?«

»Mein Vater war der jüngste Sohn«, erwiderte Udela. »Seine beiden Brüder sind tot, und da sie weit von uns entfernt gewohnt haben, kenne ich ihre Familien nicht.«

Der Herzog blickte auf das Blatt Papier, auf das er den Namen ihres Vaters geschrieben hatte.

»Und wie hieß Ihre Mutter, ehe sie heiratete?«

»Elizabeth Massingburgh. Ihr Vater war Generalmajor Sir Alexander Massingburgh.«

Der Herzog schrieb den Namen von Udelas Großvater auf und sah dann Udela an.

»Meinen Sie den General, der in Indien so erfolgreich war?«

»Ja, er war mein Großvater. Aber ich habe ihn nur einmal gesehen.«

»Warum?«

»Er war sehr verärgert über Mama, weil sie nicht in das Regiment einheiraten wollte, wie er es wünschte. Sie hatte einen Verehrer, den mein Großvater begünstigte, aber Mama hatte sich in meinen Vater verliebt.«

»Dann nehme ich an, daß Ihr Großvater nicht sehr freundlich zu ihr war«, sagte der Herzog.

»Nein, wahrlich nicht. Er ließ Mama nur eine sehr kleine Summe zukommen. Als ich neun Jahre alt war, bat er sie, ihn in London zu besuchen. Er war aus Indien auf Urlaub in England ...«

Udela erinnerte sich noch gut daran, wie beherrschend und imposant ihr Großvater gewesen war. Ihre Mutter hatte sie in das Londoner Hotel mitgenommen, wo er sie zu sehen wünschte. Sie war überrascht gewesen, daß ihre Mutter den Generalmajor zur Begrüßung nicht geküßt hatte, sondern nur einen Knicks vor ihm machte.

»Ich habe dich kommen lassen, Elizabeth«, sagte er ruppig, »weil ich wünsche, daß du mit mir nach Indien kommst. Ich bin zum Gouverneur von Madras ernannt worden und benötige dich als Hausdame.«

Udela erinnerte sich daran, daß ihre Mutter über diese Worte ihres Vaters gelächelt hatte. Und ruhig hatte sie geantwortet:

»Es ist mir eine große Ehre, Papa, daß Sie mich in dieser Stellung wünschen. Aber ich kann meinen Mann und Udela nicht im Stich lassen.«

»Udela – ich halte das übrigens für einen lächerlichen Namen – kann mitkommen.«

»Und mein Mann?«

»Wenn du glaubst, ich erlaube ihm, mein Haus zu betreten, dann irrst du dich.«

Es entstand eine kleine Pause, ehe ihre Mutter antwortete:

»Ich wäre gern mit Ihnen nach Indien gereist. Es hätte mir große Freude gemacht, das Land kennenzulernen. Aber ich bin sicher, Sie haben schon erwartet, daß meine Antwort negativ ausfallen wird.«

»Es wäre ein Leben im großen Luxus für dich«, sagte der Großvater scharf. »Meine Stellung als Gouverneur ist gleichbedeutend mit der eines Königs in einem anderen Land. Es wäre ein Erlebnis, das du niemals vergessen würdest.«

Udelas Mutter hatte leise geseufzt.

»Das klingt faszinierend, Papa, aber es gibt zwei Dinge, die Sie mir nicht bieten können.«

Ihr Großvater hatte geschwiegen und darauf gewartet, daß ihre Mutter es ihm sagte.

»Glück und Liebe«, hatte ihre Mutter leise gesagt.

Sie waren danach noch eine Stunde bei ihm geblieben, aber Udela hatte gespürt, daß ihr Großvater wütend war.

Als er fünf Jahre später starb, war sie nicht überrascht gewesen, daß er ihrer Mutter weiterhin nur die kleine Summe zugebilligt hatte, die er ihr sein Leben lang hatte zukommen lassen. Allerdings legte er fest, daß die Zahlungen sofort eingestellt würden, wenn sie starb.

Udela erklärte dem Herzog kurz die Situation, denn sie hatte das Gefühl, er hörte es gern, daß ihr Großvater ein berühmter Mann gewesen war.

»Die Ankündigung unserer Verlobung erscheint morgen früh in der ›Gazette‹«, sagte er. »Und jetzt möchte ich Sie meiner Großmutter vorstellen.«

»Wird sie es nicht merkwürdig finden, daß Sie sich so plötzlich verlobt haben?«

»Sie wird sehr überrascht sein«, antwortete der Herzog. »Aber da die meisten Großmütter wünschen, daß Ihre Enkel heiraten und seßhaft werden, wird sie ohne Zweifel entzückt darüber sein.«

Seine Stimme klang sarkastisch. Udela nahm an, daß

er vermutlich schon lange von ihr gedrängt worden war, zu heiraten.

Sie sagte sich, daß es viele Frauen geben mußte, die ihn gern geheiratet hätten, und sie war neugierig zu erfahren, worin die unangenehmen Umstände bestanden, die ihn eine Scheinverlobung einer wirklichen vorziehen ließen.

Sie sagte sich, daß sie das wahrscheinlich niemals erfahren würde.

Als der Herzog die Feder aus der Hand legte und aufstand, folgte ihm Udela aus der Bibliothek.

Sie gingen wortlos die Treppe hinauf in den oberen Stock und dann den Korridor entlang.

Der Herzog klopfte an eine Tür und öffnete sie.

Sie betraten ein sonnendurchflutetes Boudoir, in dem sehr viele Blumen standen, und es sah aus, als beträten sie eine Laube.

Neben dem Fenster stand eine Chaiselongue, auf der eine Dame lag, die in ihrer Jugend einmal sehr schön gewesen sein mußte. Ihre Beine waren mit einem Hermelinpelz bedeckt.

Obwohl ihr Haar weiß war und sie eine faltige Haut hatte, war sie immer noch reizvoll und strahlte Würde aus.

»Guten Morgen, Randolph. Das ist aber eine Überraschung«, sagte sie, als der Herzog ihre Hand an die Lippen hob.

»Ich besuche Sie heute früher als gewöhnlich, Großmama«, erklärte er, »weil ich möchte, daß Sie als erste von Udelas Ankunft in meinem Haus erfahren.«

»Wer ist Udela?« fragte die Herzogin.

Sie sah Udela überrascht an, die dem Herzog ein Stück weit in das Zimmer gefolgt war.

Udela machte einen Knicks, und der Herzog sagte:

»Das ist Udela Hayward, Großmama. Ich werde morgen meine Verlobung mit ihr bekanntgeben.«

Seine Großmutter stieß einen leisen Schrei aus.

»Deine Verlobung? Mein lieber Junge, warum hast du mir das nicht schon früher gesagt?«

»Weil Udela erst gestern abend nach einer Reihe von Mißgeschicken unerwartet hier eingetroffen ist«, erwiderte der Herzog. »Bedauerlicherweise erhielt ich ihren Brief nicht, in dem sie mir mitteilte, daß sie nach London kommen würde. Und dann kam sie wegen eines Unfalls, erst lange nachdem Sie zu Bett gegangen waren, hier an.«

»Armes Kind«, rief die Herzogin. »Wie müde mußt du gewesen sein! Aber du bist mit meinem Enkel verlobt! Ich kann es kaum glauben.«

Sie sah den Herzog prüfend an, als wolle sie sich vergewissern, daß er die Wahrheit gesagt hatte.

Mit einem spöttischen Lächeln sagte er:

»Sie haben mich lange genug geplagt, Großmama. Deshalb sollten Sie jetzt glücklich sein, daß ich nach so vielen Ausweichmanövern nun doch Ihren Ratschlag befolgt habe.«

»Glücklich? Natürlich bin ich glücklich!« rief die Herzogin. »Aber warum habe ich von diesem reizenden Mädchen noch niemals etwas gehört?«

»Ihr Großvater war Generalmajor Sir Alexander Massingburgh, den Sie sicher kennen.«

»Aber natürlich!« rief die Herzogin. »Der Held der Mahrattas Kriege. Der Herzog von Wellington erwähnte ihn erst vor ein paar Monaten, als er über seine Erlebnisse in Indien sprach.«

»Sie haben ein ausgezeichnetes Gedächtnis, Großmama«, sagte der Herzog. »Und Sie vergessen niemals einen Namen.«

»Es wäre auch schwierig, einen so außergewöhnlichen Mann zu vergessen«, erwiderte die Herzogin lächelnd und fügte an Udela gewandt hinzu: »Komm zu mir, Kind, und erzähle mir, wie du meinen Enkel gezähmt hast, der jahrelang geschworen hat, er würde nicht heiraten, selbst wenn ich ihn auf Knien darum bitten würde.«

Schüchtern und mit geröteten Wangen trat Udela zur Herzogin.

»Du bist ein reizendes Mädchen«, sagte die Herzogin beifällig. »Und ich kann gut verstehen, weshalb es dir gelungen ist, was so vielen anderen Frauen mißglückte.«

»Vielen Dank«, sagte Udela leise.

Sie schämte sich, jemanden zu belügen, der so alt und so liebenswürdig war wie die Herzogin.

Der Herzog ahnte, was sie dachte und sagte rasch:

»Großmama, wir brauchen Ihre Hilfe. Es gibt sehr viel zu tun.«

»In welcher Hinsicht?« fragte die Herzogin.

»Da Udela seit einigen Wochen um ihren Vater trauert, braucht sie hier in London eine vollständig neue Garderobe. Außerdem hat sie durch den Unfall mit der Postkutsche ihr gesamtes Gepäck verloren und nichts anderes anzuziehen, als das Kleid, das sie gerade trägt.«

Die Herzogin machte eine besorgte Miene.

»Jetzt verstehe ich, weshalb meine Zofe mir sagte, Mrs. Field habe gestern abend eines meiner Nachthemden ausgeborgt. Ich fand das sehr seltsam.«

»Ich war Ihnen sehr dankbar dafür, Ma'am«, sagte Udela.

»Ich würde vorschlagen, daß wir sofort die Damenschneiderin, die Modistin und die ganze übrige Gesellschaft ins Haus kommen lassen, um Udela einzukleiden, bevor die Bekanntmachung unserer Verlobung in der ›Gazette‹ erscheint.«

»Und wann wird dies sein?« fragte die Herzogin.

»Morgen früh.«

Die Herzogin schrie auf.

»Und du erwartest von mir, daß ich ihr in dieser kurzen Zeit eine vollständige Garderobe beschaffe?«

»Ich schlage vor, Sie beginnen damit, indem Sie ihr ein eigenes Nachthemd besorgen.«

Die Herzogin lachte.

»Randolph, du bist unverbesserlich! Weil du selber Berge versetzen kannst und auch immer erreichst, was du willst, erwartest du von uns anderen, daß wir es auch können!«

»Seitdem ich Sie kenne, Großmama, haben Sie stets Ihren Willen durchgesetzt«, erwiderte der Herzog, »und auch in Dingen, die mich betrafen. Deshalb weiß ich, ich kann darauf vertrauen, daß Udela sich morgen von ihrer besten Seite zeigen wird, wenn die ersten Gratulanten erscheinen.«

»Dann, mein lieber Junge, entferne dich und schicke mir sofort Mr. Humphries herauf«, sagte die Herzogin energisch. »Ich brauche auch deine Diener und Stallknechte, damit sie in ganz London ausschwärmen.«

»Das gesamte Hauspersonal steht Ihnen zur Verfügung«, sagte der Herzog lachend. »Und vielen Dank, Großmama.«

Nur mit Mühe unterdrückte Udela den Impuls, dem Herzog nachzulaufen und ihn zu bitten, sie nicht allein zu lassen.

Sie fürchtete sich, aber auf eine andere Art als vorher. Wie konnte der Herzog so unbeschwert von Gratulanten sprechen und davon, daß sie innerhalb von vierundzwanzig Stunden standesgemäß eingekleidet sein mußte, um Menschen zu empfangen, die nur aus Neugier ins Haus kamen und die sie nicht kannte.

Die Herzogin sah sie mit einem Augenzwinkern an.

»Ich finde es reizvoll und amüsant Geld auszugeben«, sagte sie. »Ich nehme an, daß Soldaten nicht viel davon besitzen, so daß mein Enkel sich nun um deine Aussteuer kümmern muß.«

Udela machte ein besorgtes Gesicht.

»Ich weiß, das schickt sich nicht, Ma'am, und wenn meine Mutter noch leben würde, wäre sie über diesen Gedanken sehr schockiert. Aber es ist wahr, ich habe... kein Geld.«

»Du brauchst dir bei Randolphs Vermögen darüber keine Gedanken zu machen«, sagte die Herzogin.

»Ich möchte aber nicht mehr Geld ausgeben, als absolut nötig ist«, sagte Udela hastig.

»Unsinn!« rief die Herzogin. »Nachdem Randolph es jahrelang abgelehnt hat, eine heiratsfähige Frau auch nur anzuschauen, wirst du fantastisch aussehen müssen, wenn er dich der Gesellschaft vorstellt, sonst nimmt es dir niemand ab, daß du ihm tatsächlich den Kopf verdreht hast.«

Udela dachte unbehaglich, daß dies fast so klang, als argwöhne die Herzogin, die Verlobung ihres Enkels sei nicht echt.

Dann sagte sie sich, daß die Herzogin recht hatte. Sie mußte sehr gut aussehen, ja auf irgendeine Weise sogar außergewöhnlich, sonst könnten die Leute den Verdacht schöpfen, hinter ihrer überstürzten Verlobung stecke ein Haken.

Es war erstaunlich, wie rasch die Schneiderinnen, die Modistinnen, Schneider und Schuhmacher der Aufforderung, ins Oswestry House zu kommen, folgten.

Die Bond Street lag nicht weit weg. Trotzdem war Udela sicher, daß ihr Eifer der Bedeutung des Herzogs zuzuschreiben war, denn er war nicht nur sehr wohlhabend, sondern auch sehr einflußreich.

Als die Herzogin erklärt hatte, sie benötige in allerkürzester Zeit eine vollständige Garderobe, gab es eine große Aufregung, und Udela fühlte sich noch schuldbewußter, weil sie nur ein Schauspiel aufführte.

Aber sie war überzeugt, daß sie ohne den Herzog in diesem Augenblick in den Händen von Lord Julius wäre.

Sie versuchte sich an die Worte ihres Vaters zu erinnern, mit denen er die jungen Mädchen aus dem Dorf vor den Gefahren in London gewarnt hatte.

Sie hatte die Gespräche ihres Vaters mit den Dorfmädchen nicht persönlich mitangehört, aber sie hatte aufmerksam zugehört, wenn er mit ihrer Mutter über die Mädchen sprach.

»Ich bin überzeugt, Betty Geary ist schwachsinnig«, hatte er einmal zu ihrer Mutter gesagt. »Sie ist meiner Meinung nach viel zu hübsch, als daß man sie nach London gehen lassen darf.«

»Lady Eldridge hat ihr eine Stellung bei ihrer Cousine, der Gräfin von Datchet, besorgt«, hatte ihre Mutter erwidert.

»Ich kann nur hoffen, die Köchin oder die Haushälterin, unter denen Betty arbeitet, behalten sie streng im Auge«, hatte Udelas Vater besorgt geantwortet. »Erst neulich habe ich von Mädchen gehört, die verschwunden sind, nachdem sie in London eingetroffen waren. Du weißt genau, in was für Häuser man sie bringt.«

»Es ist schrecklich«, hatte ihre Mutter zugestimmt. »Aber du kannst nichts dagegen tun, Liebster. Du hast in Little Storton schon genug Probleme.«

»Wir bräuchten mehr Polizisten«, hatte Udelas Vater gesagt. »Im Augenblick kann keine junge Frau, gleichgültig welcher Gesellschaftsschicht sie angehört, allein in London auf die Straße gehen, und wenn man so hübsch ist wie Betty Geary, beschwört man die Schwierigkeiten herauf.«

Ihr Vater hatte recht, besorgt zu sein, dachte Udela. Auf sie selbst hatten die Gefahren nicht nur in den Straßen Londons gelauert, sondern zu Hause auf dem Weg zum Friedhof.

Wenn ich nicht weggelaufen wäre, dachte Udela, säße ich in diesem Augenblick nicht hier. Und von dort, wo man mich hinbringen wollte, hätte ich nicht mehr fortlaufen können.

Sie schauderte, und die Herzogin fragte besorgt:

»Dir ist doch nicht etwa kalt, Kind?«

»Nein, nein, natürlich nicht«, sagte Udela rasch. »Mich überlief nur eine Gänsehaut.«

Die Herzogin lachte.

»Ich kenne das Gefühl. Aber du solltest im Augenblick keine negativen Gedanken haben, nur glückliche.«

Sie hielt inne und sagte dann:

»Ich kann dir nicht sagen, wie glücklich ich bin, daß mein Enkel dich heiraten wird. Ich fürchtete schon, er würde über seine Enttäuschung niemals hinwegkommen. Ich bin fest überzeugt, daß er dadurch zu diesem Zyniker wurde, der er jetzt ist.«

»Was ist damals geschehen?« fragte Udela.

»Wenn er es dir nicht selbst erzählt, wäre es ihm bestimmt nicht recht, wenn ich darüber spreche«, sagte die Herzogin. »Er war damals noch sehr jung und liebte ein Mädchen, das ihn enttäuschte. Dies hinterließ Narben, von denen ich manchmal glaubte, sie würden niemals heilen.«

Die Herzogin lächelte, bevor sie hinzufügte:

»Gott sei Dank habe ich mich geirrt. Er wird dich heiraten, und die ganze Familie wird jubilieren, wenn sie morgen davon erfährt.«

Udela bemerkte, daß die Herzogin zwischen dem Auswählen der Kleider und der Aufsicht über die Änderungsarbeiten, Briefe an Familienmitglieder schrieb, die in London lebten.

»Unsere engsten Verwandten wären sehr gekränkt, wenn sie die Nachricht nicht von uns selbst erführen, sondern aus der ›Gazette‹«, sagte sie mehrmals am Tag.

Der Herzog war zum Lunch nicht erschienen, und Udela nahm mit der Herzogin ein leichtes Mahl in ihrem Boudoir ein.

Als sich am Abend die letzte Schneiderin zurückgezogen hatte, glaubte Udela ihre Beine könnten sie nicht länger tragen.

»Es war ein aufregender, aber sehr ermüdender Tag«, sagte die Herzogin. »Ich werde mich unkonventionell verhalten und dir und Randolph erlauben, allein zu Abend zu essen. Ich werde heute früh zu Bett gehen.«

»Oh, bitte essen Sie mit uns«, bat Udela.

Sie fürchtete sich plötzlich davor, mit dem Herzog

allein zu speisen, denn sie glaubte, sie würde ihn langweilen.

»Du kannst mir nicht erzählen, daß du ihn nicht für dich allein haben möchtest«, sagte die Herzogin. »Lege dich jetzt ein wenig hin und ruhe dich aus, Kind. Dann ziehe das hübsche weiße Kleid an, das am wenigsten geändert werden mußte. Ich würde dich gern noch einmal darin sehen, ehe du zum Diner hinunter gehst.«

»Ja, natürlich, Ma'am«, erwiderte Udela. »Und vielen Dank für Ihre Freundlichkeit. Ich hätte nie gedacht, daß ich einmal so viele schöne Kleider besitzen würde. Ich hoffe nur, Seine Gnaden stimmen mit Ihnen darin überein, daß sein Geld gut angelegt wurde.«

»Ich werde es ihm überlassen, dir zu sagen, was er denkt«, sagte die Herzogin lächelnd.

Udela ging in ihr Zimmer und legte sich auf ihr Bett. Sie war bedrückt. Denn was auch immer die Gründe für ihre Scheinverlobung waren, es fiel ihr schwer, überzeugend zu schauspielern und vor der Herzogin so zu tun, als seien sie und der Herzog ineinander verliebt.

Als sie sich umgezogen hatte und sich in einem Spiegel betrachtete, bemerkte sie staunend, daß sie weder unbedeutend noch unscheinbar aussah, wie sie angenommen hatte.

Das teure weiße Kleid ließ sie jünger aussehen und so, als wäre sie in die duftigen Wolken eines Sommerhimmels gehüllt.

Die Zofe hatte ihr Haar gebürstet, bis es golden schimmerte, und sie hatte bis jetzt nicht gewußt, was für eine makellose Figur sie besaß.

Das kommt nur daher, weil das Kleid so geschickt und raffiniert geschnitten ist, dachte sie. Außerdem trug sie ein kleines Korsett, das aus Paris kam, wie man ihr sagte.

Anmutig ging sie zur Herzogin, um sich ihr zu zeigen. Aber als sie deren Schlafzimmer betrat, wo diese es sich in einem riesigen Himmelbett bequem gemacht hatte und gegen einen Berg von Spitzenkissen lehnte, sah Udela erschrocken, daß der Herzog auch anwesend war.

Als Udela das Zimmer betrat, stieß die Herzogin einen Entzückensschrei aus.

»Nun, Randolph, sage mir, ob ich mit meinem Zauberstab bewirkt habe, daß Udela aussieht, wie du es dir vorgestellt hast.«

»Ich hatte Sie immer in Verdacht, magische Kräfte zu besitzen, Großmama«, erwiderte der Herzog, »aber jetzt, da ich einen positiven Beweis dafür in Händen habe, bin ich überzeugt davon.«

Udela wurde verlegen. Sie spürte, daß man eine Antwort von ihr erwartete, deshalb sagte sie:

»Sie sind so freundlich ... und ich bin Ihnen sehr, sehr dankbar.«

»Ich wollte, wir hätten mehr Zeit, ehe wir Udela der ganzen Familie vorstellen«, sagte die Herzogin. »Aber ich bin überzeugt, sie werden begreifen, warum du am Ende doch dem Pfeil Amors erlegen bist.«

»Ich hätte es nicht so galant ausdrücken können wie Sie, Großmama«, sagte der Herzog. »Aber genau das ist eingetreten.«

Seine Stimme klang spöttisch.

Udela mußte plötzlich an Lord Julius denken. Er würde ihr Schauspiel durchschauen. Sie fand es leichtsinnig, daß sie nicht schon früher daran gedacht hatte. Sie mußte dem Herzog sofort ihre Befürchtungen mitteilen, und während sie das Zimmer seiner Großmutter verließen und zusammen die Treppe hinuntergingen, sagte sie:

»Ich muß Sie einen Augenblick sprechen.«

»Das Essen wird in wenigen Minuten serviert«, sagte der Herzog.

»Es dauert nicht lange«, sagte Udela.

Sie dachte, vielleicht sollte sie sich bis nach dem Diner gedulden, aber sie wußte, sie würde nichts essen können, solange sie nicht mit dem Herzog über ihre Ängste gesprochen hatte.

Sie betraten einen Salon, der größer und noch schöner war als die Bibliothek.

Die Gemälde an den Wänden stellten frühere Herzoginnen von Oswestrys dar, aber Udela sah nur den Herzog an.

»Sie sind besorgt«, sagte er. »Was beunruhigt Sie so?«

»Ihr Bruder... Lord Julius«, erwiderte Udela und ihre Wangen röteten sich. »Er wird es wissen, daß wir nur zum Schein verlobt sind und ein Schauspiel aufführen, denn er hat mir vorgeschlagen, nach London zu kommen...«

Sie erwartete, daß der Herzog überrascht wäre, aber statt dessen sagte er:

»Ich habe auch schon daran gedacht. Wenn Julius Ihnen Fragen stellt, obwohl ich nicht die Absicht habe, es ihm zu erlauben, dann antworten Sie, daß Sie zwar gehofft haben, es gäbe ein Einverständnis zwischen uns, aber angenommen hätten, ich würde sie noch zu jung für eine Ehe halten.«

Er hielt einen Augenblick inne und sagte dann:

»Deshalb wollten Sie Ihr Leben selbst in die Hand nehmen, bis ich Ihnen zu verstehen geben würde, daß ich bereit sei, unsere Verlobung bekannt zu geben.«

Udela atmete erleichtert auf.

»Das ist geschickt von Ihnen... sehr geschickt.«

»Ich habe versucht, mich in Sie hineinzudenken. Ich kam zu dem Schluß, daß Sie mir nicht von dem Tod Ihres Vaters geschrieben hätten. Sie hätten mich auch nicht gebeten, zu Ihnen zu kommen und Ihnen beizustehen.«

»Das stimmt«, sagte Udela. »Ich hätte es nicht getan. Es wäre mir unmöglich gewesen, weil ich Sie niemals zu etwas zwingen würde. Ihre Großmutter hat mir erzählt, daß viele Frauen Sie zur Ehe verführen wollten, aber Sie niemals dazu bereit waren.«

»Sind Sie sicher, daß Sie allein gekämpft hätten?« fragte der Herzog.

Er glaubte zynischerweise nicht daran, daß Udela ihm nichts von ihrer Notlage gesagt hätte.

Nach einer Weile erklärte sie:

»Ich meine, wenn eine Frau einen Mann liebt, wirklich liebt, wird sie ihn niemals überrumpeln oder versuchen, ihn zu ihrem Gefangenen zu machen, sondern wünschen, daß er sich frei fühlt.«

»Und Sie glauben, daß Sie sich so auch dem Mann gegenüber verhalten würden, den Sie lieben?« fragte der Herzog.

»Ich hoffe es. Aber ich weiß sicher, daß ich niemals versuchen werde, seine Liebe zu erzwingen. Liebe muß geschenkt und nicht ertrotzt werden. Liebe muß spontan aus dem Herzen kommen und nicht aus dem Verstand.«

Der Herzog sah sie überrascht an.

»Wer hat Ihnen das gesagt?«

»Ich glaube nicht, daß irgendjemand mir gesagt hat,

was ich über die Liebe denken soll. Ich weiß instinktiv, was ich fühlen soll, und ich habe ... viel gesehen.«

»Und was haben Sie gesehen? Gibt es so viel Liebe in Little Storton?« fragte der Herzog ironisch.

Zum ersten Mal ärgerte sich Udela über ihn.

»Das wichtigste ist, daß die Menschen ein Herz haben. Mein Vater und meine Mutter liebten einander, und es gab viele Menschen im Dorf, die tiefer und wahrer Gefühle fähig waren.«

Sie war aufgebracht und über ihren eigenen Mut überrascht.

Der Herzog antwortete nicht, und nach einer Weile sagte sie bescheiden:

»Bitte verzeihen Sie mir. Ich hätte nicht so sprechen dürfen. Ich bitte um ... Entschuldigung.«

»Sie brauchen sich nicht zu entschuldigen«, sagte der Herzog. »Wir werden viel Zeit miteinander verbringen, und es wäre unerträglich, wenn einer von uns nicht die Wahrheit spräche. Ich bin überrascht über Ihre Haltung.«

»Warum?«

»Weil Sie über das Thema Liebe ganz offensichtlich sehr intensiv nachgedacht haben, und ich hätte angenommen, Sie seien noch zu jung dafür.«

Udela lächelte.

»Papa sagte einmal, Frauen fangen an von der Liebe zu träumen, sobald sie geboren sind ... aber Männer halten dieses Verhalten oft für kindisch, bis sie sich selbst verlieben.«

Der Herzog lachte.

»Ihr Vater war offensichtlich ein Philosoph.«

»Ich glaube, in Wahrheit hielt er sich für einen Gelehrten.«

»Ist er deshalb in den Kirchendienst gegangen?«

»Der wahre Grund dafür war der, daß er von seiner herrischen Familie wegkommen wollte und von dem Leben in Northumberland. Papa war auch sehr sportlich. Sie nannten ihn den ›jagenden Pfarrer‹. Ich ging mit Papa oft auf Jagd, als wir noch Pferde besaßen«, sagte Udela. »Er gründete im Dorf einen Kricketclub, und wir schlugen die Dorfbewohner weit und breit.«

»Um zum Anfang unseres Gesprächs zurückzukommen – was sagte Ihr Vater noch über die Liebe?«

»Er sagte, wenn ein Mann ein guter Sportsmann wäre, dann wäre er auch ein guter Ehemann.«

»Und wenn er keinen Sport treibt?«

»Dann würde er seine Frau unglücklich machen, überall anecken, sich langweilen und sie schließlich betrügen.«

Der Herzog lachte.

»Ich wollte, ich hätte Ihren Vater kennenlernen können.«

»Er war sehr amüsant und liebte das Leben, bis meine Mutter starb. Dann wurde alles anders.«

Udela war den Tränen nahe, aber in diesem Augenblick kündigte der Butler das Diner an, und sie sprachen nicht mehr vertraulich miteinander.

Da Udela fürchtete, den Herzog zu langweilen, unterhielt sie sich mit ihm über seine Bilder, seine Pferde und die vielen Bücher, die sie in der Bibliothek gesehen hatte.

»Lesen Sie gern?« fragte sie. »Ich habe es immer mehr als alles andere genossen, wenn ich mit Papa zusammen lesen konnte.«

»Und was haben Sie gelesen?« fragte der Herzog.

»Geschichte und Lyrik. Papa las mir Pindars Gedichte im griechischen Original vor.«

Der Herzog hob die Augenbrauen.

»Sie sind hochgebildet?«

»Ich würde es gern sein, aber je mehr man liest, um so bewußter wird einem, wie viel man noch zu lernen hat. Über eines weiß ich sehr wenig.«

»Und was ist das?« fragte der Herzog.

»Über unsere heutige Welt. Ich lese natürlich Zeitungen und Zeitschriften, aber vieles klingt so absurd. Ich nehme an, den gewöhnlichen Leuten im alten Rom kamen die Handlungsweisen der Senatoren oft auch absurd vor.«

»Sie vergleichen die Frivolitäten der Regentschaft mit den Orgien und der Zügellosigkeit in Rom zur Zeit Neros?« fragte der Herzog erstaunt.

Das war eine Frage, die er einem seiner Freunde im Club hätte stellen können, und auf die er zweifellos eine witzige oder eine spitze Antwort erhalten hätte.

Udela erwiderte ernst:

»Ich glaube, in jeder Zeit gibt es eine gewisse Gesellschaftsschicht, die für diejenigen, die ihr nicht angehören, ein wenig unverständlich ist. Vermutlich kann man sie erst dann richtig beurteilen, wenn man Jahrhunderte später einen geschichtlichen Überblick hat.«

Der Herzog dachte über ihre Worte nach und kam zu dem Schluß, daß sie recht hatte.

»Ich frage mich, was künftige Historiker über unsere Zeit schreiben werden, in der das Leben sehr amüsant sein kann, wenn man wohlhabend und gebildet ist«, erwiderte Udela. »Aber für die Armen, die um ihr tägliches Leben kämpfen müssen oder für diejenigen, die ausgebeutet werden, ist es eine Zeit der Erniedrigung und des Elends.

»Ist das die Meinung Ihres Vaters oder Ihre eigene?« fragte der Herzog erstaunt.

»Das ist meine eigene Meinung. Aber ich habe natürlich oft mit meinem Vater über dieses Thema gesprochen.«

»Sie denken so, weil Sie in einem Pfarrhaus aufgewachsen sind.«

»Ich hoffe nicht«, erwiderte Udela rasch. »Ich würde den Armen wirklich gern konstruktiv helfen.«

»Was meinen Sie mit konstruktiv?« fragte der Herzog überrascht.

Er hatte es noch niemals erlebt, daß ein so junges, reizendes Mädchen über Dinge sprach, über die er sonst nur Reformer wie Wilberforce hatte reden hören.

Er verabscheute Leute, die einen übertriebenen, fanatischen Wunsch hatten, alles im Lande zu ›reformieren‹, wie sie es nannten.

Er hatte noch niemals über dieses Thema mit einer Frau gesprochen. Und als er jetzt auf Udelas Antwort wartete, dachte er, es wäre unvorstellbar, daß sie ihn auf irgendeine Art und Weise überrumpeln würde, wie es viele Frauen versucht hatten.

Mit leiser, melodiöser Stimme sagte sie:

»Ich wünschte mir, daß vom Parlament Reformen ausgingen, die inspirierender wären als das Geld, mit dem die örtlichen Behörden denjenigen helfen wollen, die in Not sind.«

Sie hielt inne. Aber als der Herzog nichts erwiderte, sagte sie:

»Die Arbeitshäuser auf dem Land sind in der Mehrzahl menschenunwürdige Orte, und kein Kranker oder Alter kann daraus entfliehen.«

»Aber die Leute haben doch wenigstens ein Dach über dem Kopf«, sagte der Herzog.

Er wußte nicht, warum er sich mit Udela in einen Streit einließ.

»Der Mensch braucht mehr als das«, sagte Udela. »Er braucht Verständnis und Liebe, wie wir alle.«

»Damit sind wir wieder bei der Liebe«, sagte der Herzog. »Und Sie wollen sie allen Menschen verschaffen.«

»Ja, aber sie können sie sich selbst verschaffen, wenn man ihnen die Möglichkeit dazu gibt«, antwortete Udela ruhig. »Jetzt werden die Familien auseinandergerissen, weil sie nicht genügend Geld haben, um zusammenzuleben. Und wenn der Ernährer der Familie in den Krieg eingezogen wird, beginnen Not und Schwierigkeiten.«

Der Herzog wußte auf ihre Worte nichts zu erwidern, und Udela sagte nach einem Augenblick:

»Sie könnten darüber im Oberhaus sprechen und allen jenen erklären, was normale Menschen brauchen, die es nicht zu wissen scheinen.«

»Warum glauben Sie, daß ich dazu fähig bin?« fragte der Herzog.

»Weil Sie freundlich und hilfsbereit zu mir waren. Sie sind einfühlsam und klug, und ich brauche Ihnen den Zustand der Welt außerhalb dieses luxuriösen Hauses nicht erst zu schildern.«

»Sie machen mich nervös«, sagte der Herzog.

»Inwiefern?«

»Weil wir schon genug Kreuzzügler haben, die der Regierung große Schwierigkeiten machen und sehr viel

Geld ausgeben wollen. Aber das Land kann es sich nicht leisten.«

Udela schwieg, und ihr Blick ruhte sekundenlang auf dem goldenen Tischleuchter, dann auf den exquisiten Schalen, die neben dem Sévres-Porzellan standen und mit Muskattrauben und riesigen Pfirsichen angefüllt waren.

Sie fragte sich, ob sie den Mut oder eher die Unverschämtheit besaß, auf die Diskrepanz zwischen seinem Lebensstil und demjenigen, für die sie sprach, hinzuweisen.

Schließlich sagte sie zögernd:

»Ich habe gehört, daß Seine Majestät ein Vermögen für den Royal Pavillon in Brighton ausgegeben hat und ein weiteres Vermögen für das Carlton House.«

»Sie wollen damit sicherlich nicht sagen, unser Monarch sollte nicht seiner Stellung entsprechend residieren?«

»Nein, aber ich bin der Meinung, wenn Geld für ihn zur Verfügung steht, dann sollte auch Geld für die Armen da sein, die sich nicht allein helfen können, wie zum Beispiel die Soldaten, die im Krieg in Frankreich verwundet wurden und die Seeleute, die man ohne Sold von ihren Schiffen entließ.«

Über dieses Thema hatte der Herzog selbst schon mit Eifer im Oberhaus diskutiert.

Er kritisierte, wie viele seiner Zeitgenossen, die Art und Weise, wie die britische Armee, nachdem sie Napoleon in Waterloo geschlagen hatte, mit beinahe unanständiger Hast aufgelöst worden war, und wie man diejenigen, die während der letzten fünf Jahre tapfer gekämpft hatten, behandelte.

Doch er hatte darüber niemals mit Frauen gesprochen.

Er hatte keine gekannt, die sich auch nur im geringsten dafür interessiert hätte.

Er blickte Udela aufmerksam an und sagte sich, daß sie offensichtlich einen scharfen, analytischen Verstand besaß.

Die Diener hatten das Zimmer verlassen, und der Herzog lehnte sich mit einem Glas Kognak in der Hand zurück und sagte lächelnd:

»Wissen Sie, Udela, daß ich mir Sorgen um Sie mache?«

»Warum?«

»Weil ich langsam zu der Überzeugung komme, daß es mir schwerfallen wird, für Sie einen Ehemann zu finden, wenn unser kleines Abenteuer vorüber ist.«

Sie sah ihn überrascht an und fragte:

»Warum glauben Sie das?«

»Weil Männer kluge Frauen nicht mögen, und es nicht schätzen, von ihnen belehrt zu werden.«

»Oh, bitte, das wollte ich nicht. Ich wollte Sie nicht belehren, und es wäre auch ungehörig von mir, wenn ich es getan hätte.«

Sie sah ihn ängstlich an und fuhr dann leise fort:

»Sie haben mich nach meiner Meinung gefragt. Deshalb sprach ich mit Ihnen so, wie ich es immer mit meinem Vater getan habe. Aber ich will es nie wieder tun.«

»Ich hoffe doch, daß es das erste von vielen Gesprächen ist, nachdem ich nun weiß, wo Ihre Interessen liegen«, sagte der Herzog. »Ich fand unsere Konversation nur außergewöhnlich, weil ich sie mit einer so hübschen Frau wie Sie geführt habe. Ich bin sicher, den meisten Ihrer Verehrer würde es bei einer solchen Unterhaltung mit Ihnen sehr unbehaglich zumute gewesen sein.«

»Das klingt so, als wollten Sie mich vor den Altar bringen?«

»Ich halte das für die einzige mögliche Lösung Ihres Problems, wenn wir unsere Scheinverlobung beendet haben.«

»Dann vergessen Sie bitte derartige Gedanken.«

»Und warum?«

»Aus zwei Gründen. Erstens möchte ich nicht, daß jemand meine Ehe arrangiert, und ich hoffe, Sie werden mit mir darin übereinstimmen. Zweitens möchte ich auf gar keinen Fall in die bessere Gesellschaft einheiraten.«

»Die Sie gar nicht kennen«, sagte der Herzog trocken.

»Nur insoweit, als ich darüber gelesen und in Little Storton davon gehört habe.«

»Sie überraschen mich. Wie können Sie dort etwas darüber erfahren haben?«

Udela lächelte.

»Die Dienstboten vom Eldridge House werden oft nach London geschickt, wenn Seine Lordschaft dort weilt. Und fast alle Dienstboten haben Verwandte in anderen großen Londoner Häusern«, sagte sie.

Sie sah die überraschte Miene des Herzogs und fuhr fort:

»Die Kinder und Enkel des Personals vom Eldridge House arbeiteten nicht nur für den verstorbenen Lord Eldridge, sondern sie waren auch bei seinen Verwandten und Freunden angestellt. Die Tochter des Forstmeisters ist zum Beispiel die Zofe Ihrer Majestät im Buckingham Palast, und der Sohn des Butlers ist Diener im Carlton House.«

Der Herzog lachte schallend.

»Jetzt begreife ich, warum nichts von dem, was in

London geschieht, im Land draußen ein Geheimnis bleibt.«

»Ich versichere Ihnen, der Klatsch von der St. James' Street ist nicht älter als vierundzwanzig Stunden, wenn er das letzte Dorf erreicht«, sagte Udela lächelnd.

»Das habe ich mir niemals so vorgestellt«, sagte der Herzog. »Jetzt verstehe ich vieles, was mich in der Vergangenheit verwirrt und überrascht hat.«

Er mußte daran denken, daß nicht immer die Frauen für die Gerüchte verantwortlich waren, wie er es bisher angenommen hatte. Nun erfuhr er, daß die Zofen, die Diener, die Kutscher, die Köche und Küchenjungen nur allzu begierig gewesen sein mußten, über ihn zu sprechen, und es unmöglich war, ein Geheimnis zu wahren.

»Papa sagte einmal, die kleinen Jungen, die einem die Schuhe putzen, haben einen großen Mund.«

Der Herzog lachte.

Später am Abend, als Udela allein in ihrem Zimmer war, dachte sie, daß der Herzog während ihres Zusammenseins viel gelacht hatte.

Als er ihr eine gute Nacht wünschte, sagte er:

»Vielen Dank, Udela, für den sehr amüsanten Abend, und wenn ich dies sagen darf, für einen unerwartet anregenden Abend.«

»Ich verspreche Euer Gnaden, Sie niemals wieder zu reformieren«, sagte sie mit einem schelmischen Lächeln.

»Das würde Ihnen auch sehr schwerfallen«, erwiderte der Herzog. »Aber ich bin bereit, mir Ihre Gedanken anzuhören, und das ist mehr, als ich von den Führern der Opposition in beiden Häusern des Parlaments sagen kann.«

»Ich bin sehr geschmeichelt«, sagte Udela bescheiden.

»Aber ich habe schon erkannt, daß ich einige Gesprächsthemen, über die wir heute diskutiert haben, künftig vermeiden muß.«

»Das habe ich nicht gesagt«, erwiderte der Herzog.

»Aber ich verspreche Ihnen, in Zukunft vorsichtiger und zurückhaltender zu sein«, sagte Udela.

»Aber bitte nicht, wenn wir allein sind«, erwiderte der Herzog. »Denn wenn Sie nicht so anregend wären, wie Sie es heute abend waren, würde ich mich bald sehr langweilen.«

»Das habe ich befürchtet«, sagte Udela.

»Aber Ihre Befürchtungen sind unbegründet. Wenn unser heutiges Gespräch beispielhaft war, dann weiß ich, was ich in Ihrer Gesellschaft zu erwarten habe.«

Er lachte.

»Gehen Sie jetzt schlafen, Udela, und belasten Sie mich nicht mit Problemen, wenn ich mich entspannen möchte. Uns beiden steht morgen eine harte Prüfung bevor, und wir werden unseren ganzen Verstand dafür benötigen.«

Udela holte tief Luft.

»Ich verspreche Ihnen, mich sehr vorsichtig zu verhalten.«

Sie ging zur Tür und blieb dann stehen.

»Gehen Sie ebenfalls zu Bett, Euer Gnaden?«

Der Herzog schüttelte den Kopf.

»Nein. Haben Sie vergessen, daß dies meine letzte Nacht in Freiheit ist, Udela?«

Er neckte sie.

»Für Sie als Junggeselle muß es viele Vergnügungen geben, unter denen Sie wählen können«, sagte Udela.

»Allerdings«, antwortete er. »Aber ich habe die Erfahrung gemacht, daß sich die meisten davon als enttäuschend herausgestellt haben.«

Sie mußte daran denken, was seine Großmutter ihr über ihn erzählt hatte, und wie desillusioniert und zynisch er geworden war, nachdem eine Frau seine Liebe verschmäht hatte.

Impulsiv und ohne nachzudenken, sagte sie:

»Eines Tages werden Sie einen Menschen finden, den Sie... lieben und der Sie wiederliebt.«

Der Herzog runzelte die Stirn.

»Warum sagen Sie das?« fragte er scharf.

Jetzt war sein Tonfall kalt, und sie fürchtete sich.

»Bitte entschuldigen Sie«, sagte Udela und verließ rasch das Zimmer, ehe er ihr antworten konnte.

Als sie durch die Halle und die Treppe hinauflief, war ihr klar, daß sie einen Fehler gemacht hatte.

Ich muß achtsamer sein, sagte sie sich, obwohl er sehr charmant sein kann, ist er furchterregend, wenn man es am wenigsten erwartet.

VIERTES KAPITEL

Als der Herzog die Bibliothek betrat, dachte er befriedigt, daß alles besser gegangen war, als er es erwartet hatte.

Seine Großmutter hatte darauf beharrt, daß sie nach der Bekanntmachung ihrer Verlobung an diesem Morgen in der ›Gazette‹, am späten Nachmittag einen kleinen Empfang geben mußten.

Er hatte bei dem Gedanken daran gestöhnt, aber schließlich doch zugestimmt, weil es sein mußte.

Wie er es erwartet hatte, waren alle Eingeladenen gekommen, um Udela zu begutachten. Und sie waren überzeugt nach Hause gefahren, daß er schließlich doch die passende Frau gefunden hatte, woran sie schon lange nicht mehr geglaubt hatten.

Udela hatte die ihr zugedachte Rolle perfekt gespielt.

Sie trug ein weißes Kleid, in dem sie sehr jung und reizend aussah.

Er stellte fest, daß seine Großmutter das beste aus dem gemacht hatte, was im Grunde nur Rohmaterial gewesen war. Sie hatte es in etwas so Exquisites verwandelt, daß es selbst den kritischsten Nörglern schwerfallen würde, einen Makel an Udela zu finden.

Nach der letzten Mode gekleidet, mit ein wenig Puder auf der klaren, makellosen Haut und einem Hauch Pomade auf den Lippen, begeisterte Udela seine Westry Verwandten, und er wußte, daß sich noch am gleichen Abend ihre Billigung seiner Verlobung in ganz London herumsprechen würde.

Der Herzog hatte Udela vor dem Empfang geraten, so wenige Fragen wie nur möglich zu beantworten.

»Meine Verwandten werden Sie damit bombardieren«, sagte er. »Ich halte es für das Beste, wenn Sie warten, bis ich die Fragen für Sie beantworte und Sie nur hübsch und einfältig aussehen.«

»Ich bin sicher, das kann ich überzeugend«, hatte Udela geantwortet.

Der Herzog sah sie prüfend an, ob sie über seine Worte gekränkt war, dann sagte er:

»Nach unserem gestrigen Gespräch bin ich absolut sicher, daß ich Sie zu Ihrer Intelligenz beglückwünschen kann, aber nicht, wenn meine Verwandten zuhören.«

Sie waren nach dem Lunch ein paar Augenblicke allein gewesen. Udela hatte vorsichtig über ihre Schulter zurückgeblickt, um sich zu vergewissern, daß niemand zuhörte, ehe sie sagte:

»Was soll ich tun, wenn Lord Julius vorbeikommt?«

»Nichts«, sagte der Herzog bestimmt. »Ich habe lange darüber nachgedacht, Udela. Wir verhalten uns so, als wären Sie niemals in Islington von der Kutsche meines Bruders abgeholt worden, und ebenso wenig haben Sie ihn jemals kennengelernt.«

»Ihn nicht kennengelernt?« fragte Udela verwirrt.

»Nein!« sagte der Herzog bestimmt. »So charakterlos er auch sein mag, er besitzt Schamgefühl und wird Sie nicht an Ihre frühere Begegnung mit ihm erinnern, nachdem er nun weiß, daß Sie mit mir verlobt sind.«

Udela sah ihn zweifelnd und ängstlich an. Aber weil sie nicht mit ihm streiten wollte, schwieg sie.

Als die Gäste nacheinander angekündigt wurden und den großen, eleganten Salon betraten, der sich über die ganze Länge des Erdgeschosses erstreckte, war Udela verkrampft, weil sie fürchtete, Lord Julius könnte unter ihnen sein.

Es war tröstlich zu wissen, daß der Herzog neben ihr stand. Er war groß und stark und strahlte Ruhe und Gelassenheit aus.

Außerdem wußte sie, daß sie selbst völlig anders aussah als das einfach gekleidete Landmädchen, das Lord Julius auf dem Weg zum Friedhof kennengelernt hatte.

Es wird ihm schwerfallen, mich wiederzuerkennen, sagte sie sich, als sie sich im Spiegel betrachtet hatte.

Sie dachte, daß auch ihr Vater Schwierigkeiten haben würde, sie jetzt wiederzuerkennen.

Als die Herzogin ihre Garderobe auswählte, hatte Udela zögernd gesagt:

»Ich glaube, Ma'am, ich sollte Schwarz oder Grau tragen, weil ich in Trauer bin.«

Aber noch während sie sprach, sagte sie sich, daß der Herzog es zu unattraktiv finden würde und unpassend für die Rolle, die sie zu spielen hatte.

Die Herzogin runzelte die Stirn, und Udela sagte rasch:

»Wenn Sie das für falsch halten, trage ich es nicht, denn auch Papa hielt nichts von Trauerkleidung.«

»Wirklich?« fragte die Herzogin mit erhobenen Augenbrauen. »Ich dachte, er sei Pfarrer gewesen?«

»Das war er auch, aber ein ziemlich ungewöhnlicher«, erwiderte Udela. »Papa war der Meinung, wir trauern nur für uns selbst und nicht um die Person, die zu Gott gegangen ist.«

»Das ist eine sehr vernünftige Einstellung«, sagte die Herzogin. »Ich habe übermäßiges Trauern immer für überflüssig gehalten.«

Mit einem schwachen Lächeln auf den Lippen fügte sie so zynisch wie ihr Enkel hinzu:

»Viele Witwen, die ihre Männer im Krieg verloren, haben schwarz getragen, aber sie zeigten keine Anzeichen von echter Trauer in ihrem täglichen Leben.«

Udela wußte nicht, daß die Herzogin damit auch Lady Marlene meinte, die sich unerhört benommen hatte, nachdem ihr Mann an seinen Kriegsverletzungen gestorben war.

Lady Marlene war schön, und die Herzogin hatte gefürchtet, ihr Enkel könnte ihrem Charme erliegen und sie heiraten.

Es war für sie eine unaussprechliche Erleichterung gewesen, als sie feststellte, daß er unerwarteterweise ein so reizendes, unverdorbenes Mädchen wie Udela gewählt hatte.

Im stillen fragte sie sich aber, ob Udela fähig sein würde, den Herzog glücklich zu machen und ihn von seinen zahlreichen Liebesaffären abzulenken.

Der Herzog wäre erstaunt und empört gewesen, wenn er geahnt hätte, daß die Mehrzahl seiner Verwandten, einschließlich seine Großmutter, von allen seinen Liebschaften wußten.

Und er hatte auch jetzt keine Ahnung, daß seine Großmutter von ihrer Zofe erzählt bekommen hatte, die es wiederum vom Butler wußte, der vom Diener informiert worden war, daß eine Nachricht für ihn von Mrs. Elsie Shannon eingetroffen war.

Der Brief lag auf der Schreibunterlage seines Schreibtischs, wo sein Sekretär die Privatpost hinlegte, von der Mr. Humphries klugerweise wußte, daß sie nicht für seine Augen bestimmt war.

Als der Herzog in das Zimmer trat und den Brief sah, war er einen Augenblick gespannt, ob er von Lady Marlene kam.

Doch als er an den Schreibtisch trat und die Handschrift erkannte, änderte sich seine Miene. Er setzte sich und öffnete mit seinem goldenen, juwelenbesetzten Brieföffner lächelnd die Post.

Er war nicht sicher, was er lesen würde, aber Mrs. Shannon war anders als Lady Marlene. Selbst wenn sie verärgert gewesen war, als sie von seiner Verlobung in der ›Gazette‹ las, war sie viel zu klug, um dies auszusprechen.

Sie schrieb dem Herzog einen warmherzigen Gratulationsbrief und wünschte ihm viel Glück. Erst der letzte Absatz war enthüllend:

»Ich weiß, wie beschäftigt Du sein wirst, Randolph, und ich will natürlich nicht Deine Zeit in Anspruch nehmen. Aber wenn Du einen Augenblick erübrigen kannst, wäre es mir eine große Freude, Dir meine Glückwünsche persönlich auszusprechen und Dir wie immer meine Freundschaft und Liebe anzubieten.«

Der Herzog lehnte sich im Sessel zurück und dachte, daß er gewiß ein paar Minuten Zeit haben würde, um Elsie Shannon zu besuchen.

Er hatte sie immer außerordentlich attraktiv gefunden, nachdem er sein Verhältnis mit Lady Marlene beendet hatte. Elsie Shannon war nicht besonders schön, aber der Herzog hatte an ihr Qualitäten gefunden, die unvergleichlich wertvoller waren.

Dazu gehörte ein ruhiges Temperament, und vielleicht das wichtigste an ihr, sie besaß einen Gatten.

Nie wieder, so hatte sich der Herzog geschworen, würde er sich mit einer Frau einlassen, deren einziges Ziel es war, ihn dazu zu verleiten, ihr einen Ehering zu schenken.

Oberst Shannon, der viele Jahre älter war als seine Frau, war ein besessener Pferdeliebhaber. Er mochte London nicht und zog es vor, seine Zeit in Newmarket oder anderswo auf dem Land zu verbringen, wo seine Pferde Rennen liefen.

Er gab seiner Frau genügend Geld und Freiheit, um die sie viele andere Ehefrauen beneideten.

Elsi Shannon verkehrte seit einigen Jahren in der Londoner Gesellschaft. Sie war fast so alt wie der Herzog und beinahe ebenso erfahren mit Männern, wie er mit Frauen.

Sie amüsierte ihn und füllte einen Platz in seinem Leben aus von dem Augenblick an, als Lady Marlene ihm Szenen zu machen begann und ihm auf die Nerven ging. Er sagte sich, er habe die Frauen für eine Weile gründlich satt.

Ich hätte mir denken können, daß Elsi sich korrekt benimmt, sagte er sich, als er eine Schublade aufschloß, für die nur er einen Schlüssel besaß, und den Brief hineinlegte.

Da er noch eine Stunde Zeit hatte, ehe er sich zum Diner umziehen mußte, fragte er sich, ob er bei White's vorbeigehen sollte um zu hören, wie man dort auf die Bekanntmachung seiner Verlobung reagiert hatte, als die Bibliothekstür aufging und der Butler sagte:

»Lord Julius Westry!«

Der Herzog drehte langsam den Kopf zur Seite und dachte dabei, wie sehr er seinen Bruder verabscheute. Er hatte zwar erwartet, ihn zu sehen, aber doch gehofft, es würde nicht an diesem Abend sein.

Lord Julius kam auf den Schreibtisch zu und sah seinen Bruder aggressiv an.

»Ich bin gekommen, um etwas zu holen, was mir gehört und was du irrtümlich vorgestern abend von der Straße aufgelesen hast«, sagte er mit schneidender Stimme.

Der Herzog sah ihn überrascht an.

»Ich weiß nicht, wovon du sprichst.«

»Du weißt es genau«, erwiderte Lord Julius grob. »Ich meine die Göre, die ich auf dem Land aufgesammelt habe und die meine idiotischen Diener weglaufen ließen. Ich nehme an, sie hat an deine Ritterlichkeit appelliert.«

Er spuckte die Worte dem Herzog fast ins Gesicht.

Als der Herzog schwieg, fuhr Lord Julius fort:

»Komm, Randolph, wir wollen nicht miteinander Verstecken spielen. Die Frau gehört mir. Du hast eine Menge eigene Liebesvögel, also gebe sie heraus. Ich nehme an, du hast sie irgendwo in diesem Mausoleum hier versteckt.«

Dem Herzog fiel es schwer zu sprechen, aber schließlich sagte er:

»Ich hatte dich erwartet, Julius. Aber ich habe gedacht, der Grund deines Besuches wäre es, mir zu gratulieren.«

»Wozu?«

Der Herzog sah ihn durchdringend an und sagte dann:

»Hast du die heutige ›Gazette‹ nicht gelesen?«

»Nein«, erwiderte sein Bruder. »Ich war nicht in London. Was habe ich versäumt?«

»Du hast die Bekanntmachung meiner Verlobung versäumt«, sagte der Herzog ruhig.

Einen Augenblick lang herrschte Schweigen. Dann schrie Lord Julius mit einer Stimme, die selbst ihm fremd klang:

»Sagtest du... deine Verlobung?«

»Ja. Es steht in der ›Gazette‹«, erwiderte der Herzog. »Ich hätte gedacht, jemand hätte dich von dieser schwerwiegenden Angelegenheit unterrichtet.«

»Ich fand, daß ein paar Leute mich sehr merkwürdig angesehen haben«, sagte Lord Julius mehr zu sich selbst.

Dann schrie er:

»Das darf nicht wahr sein! Du hast immer gesagt, du würdest niemals heiraten!«

»Ich habe es mir anders überlegt.«

»Du hast kein Recht dazu, so etwas zu tun! Ich bin der Erbe! Du hast es nicht nur mir, sondern auch allen anderen Leuten überaus deutlich erklärt, daß du Junggeselle bleiben willst.«

»Wenn man älter wird, erkennt man seine Irrtümer«, sagte der Herzog leichthin.

»Aber das kannst du nicht tun!« schrie Lord Julius. »Wahrhaftig, das kannst du nicht tun! Und was soll aus mir werden? Ich bin der mutmaßliche Erbe!«

»Ich glaube, du bist der einzige meiner Verwandten, der mich nicht bat, nicht beschwor, mich nicht anflehte zu heiraten«, sagte der Herzog. »Nun habe ich getan, was man von mir wünschte, und ich kann dir versichern, alle, einschließlich Großmama, sind entzückt.«

»Das kann ich mir denken«, schrie Lord Julius. »Sie haben mich immer gehaßt! Sie wollten immer, daß ich nichts besitze, du aber alles.«

»Ich glaube kaum, daß diese Feststellung fair ist«, sagte der Herzog. »In den letzten fünf Jahren habe ich ein halbes Dutzend Mal deine Schulden bezahlt, und du hast ein übertrieben großzügiges Taschengeld.«

»Deine Vorstellungen von großzügig und die meinen

unterscheiden sich grundlegend voneinander«, sagte Lord Julius höhnisch. »Wer ist dieses verdammte Weib, das du zu deiner Frau machen willst?«

Die Worte klangen fast wie das Zischen einer Schlange.

»Sie ist die Enkelin von Generalmajor Sir Alexander Massingburgh«, antwortete der Herzog. »Du mußt von ihm schon gehört haben. Aber ansonsten ist sie neu in London.«

Lord Julius hörte ihm nicht mehr zu. Er war zum Fenster gegangen und starrte blind auf den Blumengarten hinaus.

»Warum tust du mir das an?« fragte er. »Warum änderst du plötzlich deine Lebensweise, nachdem jedermann sicher war, daß du den Titel an mich weitergeben würdest.«

»Es muß sehr enttäuschend für dich sein«, sagte der Herzog. »Aber ich nehme an, jedermann wünscht sich früher oder später einen Sohn.«

»Darum geht es dir also«, rief Lord Julius.

Dann drehte er sich plötzlich um, und sein Gesicht war verzerrt.

»Ich lasse es nicht zu – hörst du! Ich erlaube dir nicht, dies zu tun! Du wirst mir nicht den Titel vorenthalten.«

Seine Stimme hallte im Raum wieder, und der Herzog sagte angewidert:

»Bitte benimm dich, Julius. Die Dienstboten können dich hören!«

»Glaubst du, es macht mir etwas aus, ob sie zuhören?« schrie Lord Julius. »Ich stelle mir vor, daß sie lachen, lachen bei dem Gedanken daran, daß du mich ausgetrickst hast, mich in die Gosse gestoßen hast, wohin du mich immer gewünscht hast.«

Der Herzog seufzte.

»Diese lächerlichen Anschuldigungen sind unwahr, Julius, du weißt es sehr wohl. Möchtest du genau wissen, wie hoch die Rechnungen insgesamt waren, die ich das letzte Mal für dich bezahlt habe?«

»Ich interessiere mich nicht für Rechnungen!« schrie Lord Julius. »Ich möchte der Herzog von Oswestry sein, und bei Gott, der werde ich auch sein, und wenn ich dich umbringen muß.«

Der Herzog stand auf.

»Geh jetzt, Julius, und höre auf, einen Narren aus dir zu machen«, sagte er ernst. »Wenn du so sprichst, könnten die Leute glauben, du seist geistesgestört.«

»Das hättest du gern, nicht wahr?« fauchte Lord Julius wütend. »Das würde dir passen, mich ins Irrenhaus sperren, um mich loszusein! Nun, ich kann dir versprechen, du wirst den Tag bereuen, an dem du versucht hast, mir das wegzuschnappen, was mir rechtmäßig gehört.«

Er schrie.

Der Herzog ging zum Getränketablett hinüber.

»Möchtest du etwas trinken, Julius?« fragte er. »Es hat keinen Zweck, wenn wir weiter miteinander streiten.«

Er schenkte ein Glas Champagner ein und ging zu seinem Bruder hinüber, der mit dem Rücken zum Fenster stand.

Der Herzog hielt ihm das Glas hin, aber Lord Julius schlug es ihm aus der Hand. Es fiel zu Boden und zerbrach. Der Champagner hinterließ einen großen Fleck auf dem Teppich.

»Geh' zum Teufel!« schrie Lord Julius. »Ich hoffe, du und deine Sippe verrotten in der Hölle!«

Er ging zur Tür. Als er sie erreicht hatte, blieb er stehen.

»Da du nun heiraten wirst oder da du glaubst, dies zu tun, brauchst du die Dirne nicht, die vorgestern abend Schutz bei dir gesucht hat. Nachdem sie nun in deinen Händen war, wird sie zwar nicht mehr das Geld wert sein, das ich für sie zu bekommen gehofft habe, aber ich nehme sie trotzdem mit.«

»Ich habe nicht die geringste Ahnung, wovon du sprichst«, sagte der Herzog. »Die einzige Dame, die vorgestern abend hier eintraf, war meine künftige Frau, Miß Udela Hayward.«

Das Erstaunen in Lord Julius Miene war lächerlich.

Dann wurden seine Augen schmal, bis sie nur noch zwei Schlitze zu beiden Seiten seiner langen Nase waren. Seine dünnen Lippen bildeten eine scharfe Linie quer über seinem Gesicht.

Mit ungezügeltem Zorn riß er die Tür auf, stürmte hinaus und schlug sie hinter sich zu.

Der Herzog blieb einen langen Augenblick ruhig stehen, um sich zu vergewissern, daß Lord Julius tatsächlich gegangen war.

Dann schenkte er sich etwas zu trinken ein und trat ans Fenster. Er hatte erwartet, daß Julius die Bekanntmachung seiner Verlobung übel aufnehmen würde, aber die Reaktion seines Bruders hatte seine Erwartungen weit übertroffen.

Er nahm die Morddrohung nicht ernst. Aber er hatte das unbehagliche Gefühl, daß Julius Schwierigkeiten machen würde, wann immer es ihm möglich war.

Es war dem Herzog klar, daß es Julius nun nicht mehr leichtfallen würde, sich Geld von Wucherern zu besorgen.

Der Herzog war sich wohl bewußt, daß die Wucherer

schließlich astronomische Summen von Julius für seine Darlehen verlangen würden.

Immer und immer wieder hatte er die Schulden seines Bruders bezahlt, und er fand es unfair auch seinen Verwandten gegenüber, die regelmäßig Hilfe von ihm erwarteten, wenn er für Julius so viel Geld ausgab.

Sein Bruder war von kleinauf eifersüchtig auf ihn gewesen und hatte immer mit der Stellung als zweiter Sohn gehadert. Aber der Herzog hatte bis zu diesem Augenblick nicht gewußt, daß Julius ihn haßte.

Er hätte es auch niemals für möglich gehalten, daß Julius sich so charakterlos benehmen würde und ein Mädchen wie Udela in ein Bordell bringen wollte.

Wie kann ich Julius von seinem abscheulichen Verhalten abbringen, fragte sich der Herzog.

Seine Freunde mußten von den zwielichtigen Aktivitäten seines Bruders gewußt haben und sie hatten ihn aus Rücksicht auf seine Gefühle nicht davon unterrichtet, wer Mrs. Crawley finanzierte.

Es war demütigend genug zu erfahren, daß ein Westry im Lande herumreiste und Mädchen für einen ruchlosen Handel sammelte. Er durfte das nicht länger dulden.

Aber er wußte nicht, wie er Julius Einhalt gebieten sollte. Mrs. Crawley und Julius verdienten sehr viel Geld und übertraten zweifellos eine Anzahl von Gesetzen.

Aber er wollte seinen eigenen Bruder auch nicht anzeigen, und außerdem wünschte er keinen Skandal, bei dem ein Westry nach Old Bailey gebracht wurde.

Wenn sich Julius' Zorn über die Verlobung gelegt hatte, war vielleicht ein ruhiges Gespräch mit ihm möglich. Er wollte ihm Geld anbieten, unter der Bedingung, daß Julius von nun an seriös lebte und vor allen Dingen seine Verbindung zum Haus auf dem Hay Hill abbrach.

Obwohl der Herzog es nicht wahrhaben wollte, war er aufgeregt und nervös nach der Szene, die sich eben abgespielt hatte.

Plötzlich dachte er, er habe genug von seiner Familie für einen Tag. Es war anstrengend gewesen Tanten, Onkel, Cousinen und Cousins freundlich zu begrüßen, denn er hatte sie immer für eine langweilige und ermüdende Gesellschaft gehalten.

Jetzt, nach Julius' Auftritt, fand er, daß er nicht länger über die Westrys sprechen wollte und er in dieser Hinsicht für diesen Tag genug gelitten hatte.

Er betätigte die Glocke, und als der Diener kam, bat er ihn, Mr. Humphries zu holen.

Nach wenigen Augenblicken betrat dieser die Bibliothek.

»Sie wollten mich sprechen, Euer Gnaden?« sagte er ruhig.

Mr. Humphries war ein vornehm aussehender Herr mit grauem Haar, der zu Beginn des Jahrhunderts im Regiment des Herzogs gedient hatte, aber zu alt gewesen war, um an der Schlacht von Waterloo teilzunehmen.

»Humphries, ich möchte Sie bitten meine Großmutter davon zu unterrichten, daß ich weggerufen wurde, und ich mir heute nicht das Vergnügen gönnen kann, mit ihr und Miß Hayward zu speisen«, sagte der Herzog.

»Ich werde es Ihrer Gnaden ausrichten.«

»Und bitte schicken Sie einen Burschen mit diesem Brief zu Mrs. Shannon. Er soll ihre Antwort abwarten.«

Der Herzog hatte ein paar Worte auf ein Stück Papier gekritzelt und den Umschlag versiegelt, während er auf Mr. Humphries wartete.

Er gab den Brief Mr. Humphries.

»Ein Diener wird sich sofort auf den Weg machen.«

»Danke, Humphries. Sie wissen, Lord Julius hat mich eben besucht.«

»Ja, man hat es mir gesagt, Euer Gnaden.«

»Ich nehme an, Sie wissen auch, was er nun gegen mich im Schilde führt.«

Dem Herzog war bekannt, daß Mr. Humphries fast in allem, was sein Wohlergehen betraf, unterrichtet war.

»Ich habe gewisse beunruhigende Gerüchte gehört, Euer Gnaden.«

»Und was sollen wir dagegen tun?«

»Ich stelle mir vor, Sie werden Lord Julius auszahlen müssen.«

»Daran habe ich auch schon gedacht.«

»Es wird teuer sein, denn Mrs. Crawley ist in Mode gekommen, wie ich höre.«

»Sie haben richtig gehört«, sagte der Herzog bitter. »Aber kann ich wegen Julius weiterhin die Güter aussaugen? Sie wissen so gut wie ich, daß er unersättlich ist, was Geld anbetrifft.«

»Die Frage ist die, ob Sie es sich leisten wollen oder nicht«, sagte Mr. Humphries, ohne eine Miene zu verziehen.

Der Herzog schwieg, und nach einem Augenblick fügte Mr. Humphries hinzu:

»Ich werde diese Nachricht auf den Weg bringen, Euer Gnaden.«

Er verließ die Bibliothek.

Oben, in ihrem Zimmer, unterhielt sich die Herzogin mit Udela.

»Du warst heute nachmittag ein großer Erfolg, meine Liebe«, sagte sie. »Alle haben mich zu Randolphs künftiger Frau beglückwünscht.«

Sie sah Udela liebevoll lächelnd an und fügte hinzu:

»Wir haben immer gefürchtet, schrecklich gefürchtet, daß er keine passende Frau heiraten würde oder daß er es überhaupt ablehnen würde, jemals zu heiraten, wie er es viele Jahre lang behauptet hatte.«

»Ich könnte mir denken, viele Frauen hätten ihn gern geheiratet«, sagte Udela.

Wenn die Herzogin vertraulich mit ihr sprach, fiel es Udela schwer, ihr nicht die Wahrheit zu sagen und zu gestehen, daß sie und der Herzog nur ein Schauspiel aufführten, und er in der Tat vorhatte, ledig zu bleiben.

Aber sie war dem Mann Loyalität schuldig.

Sie hatte aber auch in der kurzen Zeit, die sie nun im Oswestry House lebte, Zuneigung zur Herzogin gefaßt, denn diese erinnerte sie in mancher Hinsicht sehr an ihre Mutter.

Vielleicht lag es auch daran, daß die Herzogin immer etwas Freundliches über andere zu sagen wußte, und sie liebte ihren Enkel, was sich nicht nur in ihrer Miene zeigte, so oft er anwesend war.

Udela konnte direkt spüren, wie die Liebe der Herzogin ihm entgegenströmte.

»Ich nehme an, jede Frau hat in ihrem Leben Favoriten, und meiner war immer Randolph. Er war ein prächtiger Junge, stattlich und charmant, und er eroberte mein Herz schon in dem Augenblick, in dem er das Licht der Welt erblickte.«

Sie hielt einen Augenblick inne, ehe sie fortfuhr:

»Ich bete jeden Abend darum, daß ich so lange leben

möge, bis ich Randolphs Sohn in den Armen halten kann. Und das ist ein weiterer Grund dafür, warum ich über eure Verlobung so glücklich bin.«

Udela preßte die Hände zusammen, weil sie fürchtete, sie könnte sich versprechen und die Herzogin unglücklich machen.

Sie versuchte das Thema zu wechseln.

»Sie haben noch einen zweiten Enkel, aber er ist heute nicht vorbeigekommen.«

»Ich habe ihn nicht eingeladen«, erwiderte die Herzogin. »Ich möchte nicht viel über ihn sagen, du könntest dir sonst ein Vorurteil ihm gegenüber bilden. Ich glaube, es gibt in jeder Familie ein schwarzes Schaf.«

»Und Lord Julius ist eines?«

»Ich fürchte ja«, antwortete die Herzogin. »Er war immer ein schwieriges Kind. Er wurde von mehreren Schulen verwiesen. Niemand wollte ihn behalten.«

»Das muß Ihnen und seinen Eltern viel Kummer bereitet haben.«

»Ich glaube, Julius hat ihnen das Herz gebrochen«, erwiderte die Herzogin. »Aber niemand hat mehr für ihn getan als sein Bruder. Julius ist hoffnungslos, ganz hoffnungslos.«

Da sie nicht länger über Julius sprechen wollte, sagte sie:

»Morgen werde ich dich einigen guten Freunden vorstellen, und soviel ich weiß, will Randolph danach mit uns aufs Land fahren.«

»Aufs Land?« rief Udela begeistert.

»Ja. Ich halte es zwar für einen Fehler, London so rasch zu verlassen, besonders da erst ein kleiner Teil deiner Garderobe fertiggestellt ist. Aber ich nehme an, Randolph möchte dir seinen Landsitz zeigen, und ich kann es ihm nicht verdenken.«

»Das wird wunderbar, Ma'am.«

»Vielleicht bleiben wir nicht lange«, sagte die Herzogin hoffnungsvoll. »Du solltest hier in London viele Leute kennenlernen. Aber wenn Randolph sich etwas in den Kopf gesetzt hat, dann bringt ihn niemand davon ab.«

Udela schwieg, denn sie war mit den Plänen des Herzogs absolut einverstanden.

Es war aufregend für sie gewesen, seine Verwandten kennenzulernen, und obwohl sie alle sehr charmant gewesen waren, hatte sie doch immer wieder gefürchtet, Lord Julius könnte auch auftauchen.

Wie würde er sich verhalten? Würde er sie als das Mädchen denunzieren, das er zu einem ganz anderen Zweck nach London gebracht hatte?

Und hatte der Herzog recht, wenn er behauptete, Lord Julius könne nichts gegen sie unternehmen?

Sie wollte so rasch wie möglich Distanz zwischen sich und Lord Julius herstellen, und sie dachte, wenn sie erst einmal auf dem Land wären, brauchte sie sich nicht mehr vor ihm zu fürchten.

Die Herzogin wollte vor dem Essen noch eine Stunde ruhen und empfahl Udela, das gleiche zu tun.

Gehorsam ging Udela in ihr Zimmer. Aber sie war nicht im geringsten müde. Als sie gestern in der Bibliothek gewesen war, hatte sie einen Stapel Zeitungen auf einer langen niedrigen Bank vor dem Kamin gesehen.

Sie überlegte, ob sie die Parlamentsberichte lesen sollte, wie sie es zu Hause immer getan hatte. Außerdem hätte sie gern die Bekanntmachung ihrer Verlobung mit dem Herzog in der ›Gazette‹ gesehen, obwohl sie zu schüchtern war, um ihn danach zu fragen.

Deshalb ging sie die Treppe zur Bibliothek hinunter und nahm sich vor, auch noch ein Buch auszuwählen. Sie war sicher, der Herzog hatte schon den neuesten Roman von Sir Walter Scott und vielleicht auch einen neuen Band von Lord Byrons Gedichten.

Sie und ihr Vater waren verschwenderisch gewesen, wenn es um Bücher ging. Aber nach seinem Tod hatte sie dafür kein Geld mehr übrig.

Sie mußte nicht nur seine Schulden bezahlen, sondern auch für ihre eigene Zukunft planen.

In der großen Eingangshalle stand wie gewöhnlich ein Diener.

»Ist Seine Gnaden in der Bibliothek?« fragte sie.

»Nein, Seine Gnaden sind nach oben gegangen, um sich umzuziehen, Miß«, antwortete der Diener. »Ich glaube, Seine Gnaden speisen heute auswärts.«

Udela spürte einen kleinen Stich der Enttäuschung. Sie hatte gehofft, der Herzog würde wie am vorangegangenen Abend mit ihr dinieren.

Aber dann sagte sie sich, wenn sie allein sein wollte, wäre dies um so mehr ein Grund für reichlich Lektüre zu sorgen.

»Ich möchte ein Buch aus der Bibliothek holen«, sagte sie zum Diener.

Er eilte durch die Halle und öffnete ihr die Tür.

Udela sah, wie sie es erwartet hatte, die Zeitungen auf der Bank vor dem Kamin liegen.

Sie nahm die ›Times‹ und die ›Morning Post‹, legte sie dann aber wieder zurück und ging zum Bücherschrank.

Sie hatte recht gehabt. Die Romane von Walter Scott,

die der Prinzregent gern las, wie alle Welt wußte, standen in teures russisches Leder gebunden im Regal.

Udela wählte zwei Romane aus, die sie noch nicht kannte. Sie legte sie auf einen kleinen Tisch und suchte in den anderen Regalen, bis sie die Gedichte von Lord Byron unter vielen anderen Gedichtbänden fand.

Sie zog ein Buch nach dem anderen heraus und blätterte darin. Sie waren alle lesenswert, und Udela fragte sich, welches Buch sie als erstes lesen sollte.

Sie ertappte sich bei dem Gedanken, ihre Scheinverlobung mit dem Herzog möge nicht zu rasch zu Ende gehen, und wenn nur deshalb, um ausgiebig seine Bibliothek genießen zu können.

Ob er wohl auf dem Land ebenso viele Bücher hat, fragte sich Udela. Sie griff nach einem Band mit Shelleys Gedichten, den sie noch nicht kannte.

Sie war so sehr in das Buch vertieft, daß sie nicht bemerkte, wie die Tür aufging.

»Ich werde Seiner Gnaden mitteilen, daß Sie eingetroffen sind, M'Lady«, sagte ein Diener.

Udela hob erstaunt den Kopf und sah eine der schönsten Frauen, die sie jemals gesehen hatte, die Bibliothek betreten.

Die Dame sah blendend aus. Sie trug ein Gewand, das ihre makellose Figur abzeichnete und einen Hut, der allerdings übertrieben reich dekoriert war. Ihr rotes Haar und die schrägstehenden grünen Augen waren ebenso außergewöhnlich, wie ihre ganze Erscheinung.

»Wer sind Sie?«

Ihre Stimme klang scharf.

Udela wurde sich plötzlich bewußt, daß sie die Frau offensichtlich ungehörig anstarrte.

Rasch legte sie den Gedichtband auf einen Tisch und machte einen Knicks.

»Ich bin Udela Hayward«, erwiderte sie.

»Dann sind Sie es also, der ich dafür zu danken habe, daß Sie sich in mein Leben eingemischt haben«, sagte die Frau scharf.

Sie sah die Überraschung in Udelas Miene und fuhr fort:

»Da Sie offensichtlich nicht wissen, wer ich bin, will ich Ihnen sagen, daß mein Name Lady Marlene Kelston ist. Und der Mann, von dem Sie glauben, daß er Sie heiraten wird, hat sich mir gegenüber schändlich und heimtückisch verhalten.«

Udela war nicht nur bestürzt über das, was Lady Marlene sagte, sondern auch über die Art, wie sie es sagte.

Ihre Stimme klang boshaft und gehässig, und ihr Gesicht war vor Zorn verzerrt.

»Es tut mir ... leid«, sagte Udela zögernd.

»Was tut Ihnen leid? Ich nehme an, Sie halten sich für sehr geschickt, weil Sie ihn sich geangelt haben, was so vielen anderen Frauen nicht gelungen ist. Aber ich sage Ihnen, er wird Sie betrügen, so wie er schon viele vor Ihnen betrogen hat. Und er wird Ihnen das Herz brechen, wenn Sie auch nur die geringste Zuneigung zu ihm empfinden.«

Lady Marlenes Stimme war so haßerfüllt, daß Udela zusammenzuckte.

»Es ... tut mir wirklich leid«, sagte sie noch einmal. »Aber vielleicht sollten Sie darüber mit ... Seiner Gnaden sprechen ... und nicht ... mit mir.«

»Es ist gut für Sie, wenn Sie vorher wissen, was für

einen Mann Sie heiraten wollen«, erwiderte Lady Marlene spitz. »Er ist ein Judas, ein Mann, der nicht bereit ist für das Kind, das er gezeugt hat, die Verantwortung zu tragen.«

Udela blickte sich hilfesuchend um. Es war ihr klar, daß es ein Fehler war, wenn sie weiterhin im Zimmer blieb und der Frau zuhörte, die den Herzog beschimpfte.

Ihr wurde bewußt, daß diese Frau vermutlich der Grund dafür war, warum er jetzt ihre eigene Hilfe brauchte.

Während sie überlegte, was sie tun wollte, ging die Tür zur Bibliothek auf, und der Herzog trat ein.

Er trug seinen Abendanzug, und Udela sah an seinem Gesicht, wie erzürnt er war.

»Was tust du hier, Marlene?« fragte er kühl.

»Du hast mich also nicht erwartet?« sagte Lady Marlene. »Was für eine Überraschung!«

Sie war sarkastisch.

Der Herzog sah Udela an.

»Meine Großmutter wünscht, dich in ihrem Zimmer zu sprechen, Udela.«

»Nein, sie soll hierbleiben«, unterbrach ihn Lady Marlene. »Es ist gut für sie, wenn sie erfährt, was für einen Mann sie bekommt. Wenn sie irgendwelche hochgestochenen Vorstellungen von dir hatte, hilft es ihr. Denn je früher sie desillusioniert wird, desto besser ist es für sie.«

Udela ging zur Tür, wie der Herzog es ihr befohlen hatte.

Lady Marlene sagte herrisch:

»Bleiben Sie hier! Hören Sie die Wahrheit!«

Udela blickte unsicher den Herzog an.

»Geh' zu meiner Großmutter«, sagte er bestimmt, und

es bestand kein Zweifel daran, daß dies ein Befehl war, dem sie gehorchen mußte.

Als sie das Zimmer verließ, hörte sie Lady Marlene häßlich lachen und sagen:

»Wenn du glaubst, dieses Milchgesicht, diese kleine Landpomeranze, kann dich länger als zehn Minuten unterhalten und amüsieren, dann mußt du verrückt sein.«

In ihrem Tonfall lag so viel Spott, daß es Udela vorkam, als schlüge Lady Marlene sie mit einer Peitsche.

Ihr Herz schlug rasch, und sie bekam einen trockenen Mund. Sie fürchtete sich und lief rasch durch die Halle und die Treppe hinauf in ihr eigenes Zimmer.

In der Bibliothek stand der Herzog Lady Marlene mit einer Miene gegenüber, die sie zum Schweigen brachte.

»Wenn du hergekommen bist, um eine Szene zu machen, Marlene, dann ist es dir gelungen. Und jetzt bitte ich dich, mein Haus zu verlassen. Wenn du es nicht freiwillig tust, werde ich meine Diener bitten, dich hinauszubegleiten.«

»Du wagst es, so mit mir zu sprechen?« fragte sie.

»Du benimmst dich wie ein Marktweib! Und du hast es fertiggebracht, dich vor einem jungen Mädchen, das noch keine Frau wie dich kennengelernt hat, unerhört aufzuführen. Aber mich schüchterst du mit deinem Betragen nicht ein. Und ich habe nicht vor, dir länger zuzuhören.«

»Aber du wirst mir zuhören!«

»Das bezweifle ich«, sagte der Herzog. »Gehst du nun freiwillig oder muß ich jemanden rufen?«

»Das wagst du nicht!«

Lady Marlene spuckte ihm die Worte fast ins Gesicht.

»Wenn du nicht augenblicklich den Raum verläßt, werde ich meine Dienstboten anweisen, daß du nie wieder dieses Haus betreten darfst. Und ich werde auch meiner Großmutter den Grund dafür erklären.«

»Deiner Großmutter?«

»Sie ist als Anstandsdame für meine künftige Frau hier«, sagte der Herzog. »Du hast versucht, mich mit deinen Verwandten zu erpressen, Marlene, deshalb benütze ich nun die meinen.«

Er hatte eine Trumpfkarte ausgespielt.

Jeder in der Gesellschaft kannte die einflußreiche Stellung der Herzogin. Die Macht, die sie ausgeübt hatte, als ihr Mann noch lebte, hatte sich nach seinem Tod nicht verringert.

Da der Herzog ledig war, fungierte die Herzogin oft als Gastgeberin, vor allem auf dem Land, aber auch in London.

Es gab niemanden, der ihren Rang bestritten hätte, und vom Premierminister angefangen bis zu jedem Staatsmann von Bedeutung, bewunderte man ihre Persönlichkeit und ihren Charakter.

Der Herzog wußte, daß er im Augenblick gewonnen hatte und öffnete die Bibliothekstür. Dabei sagte er so laut, daß es die Dienstboten in der Halle hören konnten:

»Ich werde Sie zu Ihrer Kutsche begleiten. Meiner Großmutter werde ich ausrichten, daß Sie sie besuchen wollten. Es wird ihr leid tun, Sie nicht empfangen haben zu können.«

Lady Marlene war besiegt, und sie wußte es.

Trotzdem sagte sie, während sie dem Herzog die Hand hinhielt:

»Ich werde dich wiedersehen, Randolph, dessen kannst du sicher sein!«

Er beugte sich so flüchtig über ihre Hand, daß es fast eine Beleidigung war.

Als er schwieg, wandte sich Lady Marlene zornig um und ging die Treppe hinab zu ihrer Kutsche.

Nachdem sie abgefahren war, fragte sich der Herzog, ob er Udela aufsuchen und sich für Lady Marlenes Verhalten entschuldigen sollte. Dann aber sagte er sich, daß dies nur ein peinliches Gespräch ergeben würde, und außerdem gab es für Udela keinen Grund, verwirrt über Lady Marlenes Erscheinen zu sein.

Es war ja nicht so, als schätze sie ihn oder wäre tatsächlich mit ihm verlobt. In diesem Fall hätte Lady Marlene allerdings genau die kritische Situation geschaffen, die heraufzubeschwören sie beabsichtigt hatte.

Aber ihm selbst war es ja darauf angekommen, sie davon zu überzeugen, daß er tatsächlich verlobt war. Ich habe sie, wie alle anderen auch, in der Tat täuschen können, stellte der Herzog befriedigt fest.

Als seine eigene Kutsche vorfuhr, brachte ihm ein Diener sein Cape, ein anderer reichte ihm seinen Hut und ein dritter seinen Stock.

Mit dem Gefühl, vor etwas davonzulaufen, fuhr der Herzog zu Mrs. Shannons Haus, nachdem er früher am Tag eine Nachricht von ihr erhalten hatte, in der sie ihm versicherte, mit welcher unaussprechlichen Freude sie ihn erwartete.

FÜNFTES KAPITEL

Der Herzog wußte, daß Udela über Lady Marlene schockiert gewesen war. Sie hatte unglücklich ausgesehen, als sie seinem Befehl gehorchte und die Bibliothek verließ.

Nun, als er in der Kutsche saß, dachte er, wie unangenehm es war, daß Udela Lady Marlene kennengelernt hatte.

Aber dann beruhigte er sich damit, daß er kindisch war, denn wenn eine so verworfene Frau wie Lady Marlene unwahre Anschuldigungen gegen ihn vorbrachte, mußte er sich nicht vor Udela rechtfertigen.

Schließlich hatte er sie vor einem Schicksal bewahrt, das für sie ›schlimmer als der Tod‹ gewesen wäre, und ihre Dankbarkeit sollte Nachsicht miteinschließen, jedenfalls keine Kritik an seinem Verhalten.

Trotzdem dachte er zu seinem eigenen Erstaunen den ganzen Abend an Udela.

Sie drängte sich in seine Gedanken, und es fiel ihm schwer, der bezaubernden Mrs. Shannon zuzuhören.

Sofort nach dem Essen, stand der Herzog auf.

»Mußt du schon gehen, liebster Randolph?« fragte Elsie Shannon überrascht. »Du warst nur so kurz hier, und ich habe mich so auf unser... Zusammensein gefreut.«

Der Herzog wußte, was sie mit ›Zusammensein‹ meinte, aber überraschenderweise hatte er im Augenblick kein Verlangen danach, mit ihr zu schlafen.

Als er sie verließ, wußte er, daß sie enttäuscht und unglücklich war, und er sagte sich, daß Lord Julius und Lady Marlene für seine Mißstimmung und sein unerklärliches Verhalten verantwortlich waren.

Nachdem er bei Whites' um sehr hohe Summen Karten gespielt hatte, ging er schließlich zu Bett, und Udelas traurige Augen beunruhigten ihn immer noch.

Nachdem sie am nächsten Tag das Oswestry House in Kent erreicht hatten, bemerkte der Herzog, wie sehr Lady Marlenes Besuch Udela verstört hatte, denn sie ging ihm ostentativ aus dem Weg.

Es war merkwürdig und ihm ganz unähnlich, aber er suchte nach einem Schimmer der Freude in ihren Augen, wenn er mit ihr sprach und nach dem schüchternen Blick, dem sie ihm immer zugeworfen hatte, wenn sie fürchtete, etwas Falsches gesagt zu haben.

Sie ist zu empfindsam und zu verletzbar und ist mir nichts anderes als eine Last, sagte er sich, wußte aber, daß er sich belog.

Das Oswestry House in Kent war ein Musterbeispiel der klassischen palladianischen Architektur. Sein Großvater hatte das Haus 1750 bauen lassen, und der Herzog fand, daß es noch imposanter als gewöhnlich aussah, als sie es jetzt zwischen den Baumgruppen im Hintergrund auftauchen sahen. Der grüne Rasen und die Blumenrabatten, die leuchtende Farbflecken bildeten, waren der perfekte Rahmen für den vornehmen, symmetrischen Gebäudekomplex.

»Es ist überwältigend«, sagte Udela leise zur Herzogin.

»Das finde ich auch jedesmal, wenn ich hierher komme«, antwortete seine Großmutter.

»Ich werde Ihnen das Haus zeigen und seine Geschichte erzählen«, sagte der Herzog zu Udela.

»Vielen Dank«, erwiderte sie höflich, aber sie sah ihn dabei nicht an.

Sie waren am Nachmittag auf dem Landsitz eingetroffen. Später, als der Herzog Udela die Gemäldegalerie zeigen wollte, sagte man ihm, daß sie sich ausruhe.

Und am Abend, nachdem das Essen beendet war und die Herzogin erklärte, sie wolle sich in ihre Zimmer zurückziehen, sagte Udela rasch, sie wolle das gleiche tun.

Im Grunde sollte den Herzog Udelas Verhalten nicht im geringsten stören, aber er war ein solches Benehmen von Frauen nicht gewöhnt. Bisher hatte jede Frau, für die er auch nur das geringste Interesse gezeigt hatte, seine Aufmerksamkeit bereitwillig erwidert und sich beeilt ihm zu beweisen, daß es ihr einziger Wunsch war, mit ihm zusammen zu sein. Bis jetzt war er den Frauen aus dem Weg gegangen und nicht umgekehrt.

Verdammt, wenn sie es so wünscht, steht es mir frei, meiner eigenen Wege zu gehen, sagte er sich. Schließlich brauchen wir im Augenblick niemandem etwas vorzuspielen.

Aber er irrte sich. Bald nachdem sie im Oswestry House eingetroffen waren, erschienen die Nachbarn, um ihre Glückwünsche zur Verlobung zu überbringen.

Einige waren weit gefahren, und der Herzog mußte sie zum Essen einladen. Sie nahmen nur allzu bereitwillig seine Einladung an.

Udela mußte, ob es ihr gefiel oder nicht, die Rolle des verliebten Mädchens spielen, das den hartnäckigsten Junggesellen von ganz England gezähmt hatte.

Und sie spielte die Rolle ausgezeichnet. Nur der Herzog bemerkte es, daß während der Gespräche ihr Blick niemals den seinen traf.

Die Besucher machten dem Herzog die schmeichelhaftesten Komplimente über seine Verlobte, und wenn sie endlich in ihren Kutschen die Einfahrt hinabfuhren, trafen schon die nächsten Gäste ein, und so vergingen Stunden um Stunden bis zum späten Nachmittag.

»Ich dachte, wir sind hierher gekommen, um endlich unsere Ruhe zu haben«, beschwerte sich der Herzog ärgerlich bei seiner Großmutter.

Sie waren für ein paar Minuten allein in dem herrschaftlichen Salon, dessen Wände mit berühmten Gemälden geschmückt waren und dessen Möbel dem königlichen Palast zur Zierde gereicht hätten.

»Ich weiß, Liebster, aber jedermann ist überrascht darüber, daß du dich endlich verlobt hast, und unsere Freunde sind neugierig, Udela zu sehen.«

»Vielleicht sollten wir sie auf ein Podest mitten auf dem Rasen stellen. Dann könnten sie sie alle zur gleichen Zeit begutachten«, erwiderte der Herzog ärgerlich.

»Was hältst du davon, wenn wir einen Empfang geben?« fragte die Herzogin scheinheilig.

»Nein, Gott bewahre, ich finde es nur unerträglich langweilig, den Leuten immer und immer wieder die gleichen Fragen zu beantworten.«

»Ich bin sicher, ab morgen wird es ruhiger sein«, sagte die Herzogin. »Schließlich sind nicht mehr viele übrig, die Udela begutachten wollen.«

»Das hoffe ich wahrhaftig sehr«, erwiderte der Herzog.

Er verließ ärgerlich den Salon, und Udela sah die Herzogin ängstlich an.

»Er ist erzürnt«, sagte sie schüchtern.

»Nein, im Grunde nicht«, erwiderte die Herzogin. »Ich kenne meinen Enkel zu gut. Ich kann dir versichern, er wäre gekränkt, wenn sich niemand für seine Verlobte interessieren würde.«

»Ist das wahr?«

»Randolph ist sich seiner Bedeutung bewußt, und obwohl er sich über das Interesse der Leute beschwert, schätzt er es, wenn man sich für seine Verlobung genauso interessiert, wie wenn der König ein zweitesmal heiraten würde.«

Udela lachte.

»Zumindest sieht er besser aus als dieser.«

»Das ist wahr«, stimmte die Herzogin zu. »Seine Majestät ist zu dick geworden. Der König zeigt sich deshalb auch nicht mehr in der Öffentlichkeit.«

Udela interessierte sich für dieses Thema und wollte von der Herzogin mehr über König George erfahren, als der Herzog in den Salon zurückkam.

»Eben ist wieder eine Kutsche vorgefahren«, sagte er mürrisch. »Wir müssen wieder ein Lächeln auf die Lippen legen und uns die gleichen Platitüden anhören, als wären sie so weise wie die Worte Sokrates.«

Er sah dabei Udela an und wollte ihr damit sagen, daß er an das Gespräch ihres ersten Abends dachte.

Aber Udela blickte zu Boden, und der Herzog runzelte die Stirn.

Da er entschlossen war, die Spannung zwischen ihnen abzubauen, wartete er, bis seine Großmutter nach dem Abendessen sagte:

»Es war ein sehr ausgefüllter Tag. Ich habe ihn genossen, aber ich bin alt und finde das Gerede ermüdender als das Reisen.«

»Ich bin ganz Ihrer Meinung, Großmutter«, bemerkte der Herzog.

»Dann wirst du auch verstehen, daß ich mich jetzt nach meinem Bett sehne«, sagte die Herzogin. »Gute Nacht, mein lieber Junge.«

Sie küßte den Herzog und wollte auch Udela küssen, aber diese sagte rasch:

»Ich begleite Sie, Ma'am.«

»Wir begleiten Sie beide zur Treppe«, sagte der Herzog energisch. »Ich möchte noch mit Udela sprechen.«

Er wußte, daß sie nach einer Ausrede suchte, um mit seiner Großmutter nach oben zu gehen.

Aber Udela hatte zu große Angst, sich seinem Wunsch zu widersetzen und folgte dem Herzog in die Bibliothek, nachdem die Herzogin die Treppe hinaufgegangen war.

Udela ging anmutig durch den Raum, und der Herzog dachte, wie reizend sie in dem weißen Gewand mit den kleinen Puffärmeln aus weißer Spitze aussah.

Die Mode der Nachkriegsjahre war fantasievoll, und Udelas Figur war so vollkommen, wie der Herzog sie selten bei einer Frau gesehen hatte, und außerdem war ihr Gesicht schön.

Der Herzog hatte durch seine lange Erfahrung mit Frauen festgestellt, daß ein bemerkenswerter Vorzug an ihnen oft auf Kosten anderer Eigenschaften ging.

Lady Marlene zum Beispiel hatte eines der schönsten Gesichter, die er je gesehen hatte, aber sie besaß dicke Knöchel, die glücklicherweise selten jemand zu sehen bekam, außer ihre Liebhaber.

Mrs. Shannons Figur dagegen war vollkommen, aber ihr fehlte die Anmut, die bei Udela so hervorstechend war.

Er hatte bis jetzt noch keinen Makel an Udela entdeckt, aber schließlich war er auch noch nicht intim mit ihr zusammen gewesen.

Es wäre jedenfalls töricht zwischen sich Mißstimmungen zu dulden, wenn sie im selben Haus miteinander leben mußten.

Weil sie jung, unverdorben und eine Pfarrerstochter war, nahm er an, sie stünde dem lockeren Moralempfinden der Regentschaft kritischer gegenüber, als jemand, der in einem anderen Elternhaus groß geworden war.

Udela trat an eines der Fenster. Es war noch hell draußen, und die leuchtenden Farben des Sonnenuntergangs waren hinter den Bäumen im Park zu sehen. Der Himmel hatte eine durchsichtige Schönheit, die er oft annimmt, ehe die Sterne sichtbar werden. Das einzige Geräusch war das Kreischen der Saatkrähen, die sich in den Bäumen zum Schlaf niederließen.

Der Herzog trat neben Udela, aber er spürte sofort, daß sie nicht von ihm berührt werden wollte und auch seine Nähe nicht wünschte.

Ein solches Verhalten hatte er noch bei keiner Frau erlebt.

Nach einem Augenblick sagte er:

»Udela, ich glaube, Sie sind mir gegenüber unfair, und wenn ich es sagen darf, ungerecht.«

»Was meinen Sie damit?« fragte sie leise.

»Sie verdammen mich, ohne mich angehört zu haben«, erwiderte er. »Jeder Verbrecher hat die Chance, seinen Fall dem Richter darzulegen.«

»Ich maße mir nicht an, Sie zu richten, MyLord.«

»Aber Sie verdammen mich.«

Es herrschte einen Augenblick Schweigen. Dann sagte Udela leise:

»Ich glaube nicht, daß ich so ... denke.«

»Wie dann?« fragte der Herzog.

Einen Moment fürchtete er, sie würde nicht antworten, aber dann sagte sie:

»Sie leben in einer so herrlichen Umgebung ... alles bei Ihnen ist ... wundervoll und großartig, und ich wollte nicht wahrhaben ... daß Sie sich ... unkorrekt verhalten könnten.«

Der Herzog war im Augenblick zu überrascht, um etwas zu erwidern. Deshalb fuhr Udela fort:

»Es ist so, wie wenn man ein schönes Bild sieht ... das beschädigt wurde. Obwohl ich weiß, daß es mich nichts angeht, macht es mich traurig.«

Der Herzog fand seine Worte wieder.

»Genau diese Reaktion hätte ich von Ihnen erwartet, Udela, wenn die verleumderischen Behauptungen Lady Marlenes wahr gewesen wären.«

Sie sah zu ihm auf, und zum erstenmal, seitdem sie London verlassen hatten, trafen sich ihre Blicke.

»Sie sind ... nicht wahr?«

Sie flüsterte die Worte.

»Ich schwöre Ihnen, bei allem was mir heilig ist, Lady Marlene hat gelogen«, sagte der Herzog ernst.

Er glaubte einen Augenblick, der Sonnenuntergang spiegele sich in Udelas Augen.

»Warum erzählte sie dann so häßliche Dinge über Sie? Ich verstehe das nicht.«

»Der Grund ist leicht zu finden. Ich habe eine hohe gesellschaftliche Stellung inne und bin sehr wohlhabend«, sagte der Herzog ruhig.

»Sie meinen, Sie wollte Ihr Geld?«

»Natürlich! Wollen Frauen je etwas anderes?« fragte der Herzog zynisch. »Und ob Lady Marlene nun Bargeld oder einen Ehering erwartete, es ist immer eine Bezahlung, die die Frauen bis zum letzten Heller eintreiben.«

Udela protestierte leise:

»Das ist nicht wahr! Es mag einige Frauen geben, die sich so verhalten. Aber nicht alle sind so wie Lady Marlene. Und Liebe, die gekauft wird, ist keine Liebe.«

Der Herzog verzog zynisch die Lippen.

Udela fuhr leise fort:

»Bitte verzeihen Sie mir, daß ich dachte, Sie könnten sich in irgendeiner Weise unkorrekt benehmen. Es war töricht von mir, einer Fremden zu glauben, die so furchtbare Dinge über Sie zu mir sagte. Aber sie war so schön ...«

»Ich bin sicher, Ihr Vater hätte gesagt, man soll niemals einen Menschen nach seinem Äußeren beurteilen.«

»Ja, Papa hätte sich meiner sehr geschämt, weil ich Ihnen nicht vertraut habe. Ich hätte wissen müssen, daß Sie sich niemals so verantwortungslos verhalten würden, wie es die Dame behauptet hatte.«

Einen Augenblick herrschte Schweigen, und dann fragte Udela:

»Was wird jetzt aus ihr werden?«

»Kümmert Sie das?« fragte der Herzog.

»Ich dachte nicht so sehr an sie, sondern an das Kind.«

»Darüber brauchen Sie sich keine Sorgen zu machen, Udela. Lady Marlene ist in jeder Hinsicht fähig, für sich und ihre eigenen Interessen zu sorgen. Wenn ich sie nicht heirate, und ich habe nicht die Absicht, dies zu tun, wird sie einen Narren finden, der sie nimmt und vielleicht ist es sogar der Mann, der für ihren Zustand verantwortlich ist.«

Udela war verlegen und blickte zu Boden.

»Vergessen Sie Lady Marlene und alle Menschen wie sie, Udela, und ich schließe meinen Bruder mit ein, der sich Ihnen gegenüber abscheulich verhalten hat.«

Er sah, wie Furcht über Udelas Miene huschte, als er seinen Bruder erwähnte.

»Haben Sie von ihm etwas gehört?« fragte Udela nach einem Augenblick.

»Ja, er besuchte mich am Nachmittag, ehe wir London verließen«, erwiderte der Herzog.

»War er sehr zornig darüber, daß ich fortgelaufen bin?«

»Ihm war zuerst nicht klar, mit wem ich mich verlobt habe. Er hatte die Bekanntmachung in der ›Gazette‹ nicht gelesen. Nachdem er von mir erfahren hatte, daß wir uns verlobt haben, steigerte sich sein Zorn und sein Haß auf mich. Er will meine Stellung einnehmen und Herzog von Oswestry sein. Aber ich kann ihm in diesem Fall nicht helfen. Ich schlage deshalb vor, daß Sie seine Existenz vergessen, und ich verspreche Ihnen, dafür zu sorgen, daß er Sie nicht noch einmal in Angst und Schrecken versetzt.«

»Wie können wir dessen sicher sein?« fragte Udela leise.

Der Herzog nahm an, daß sie an die Zeit dachte, wenn er nicht länger vorgab, ihr Verlobter zu sein.

»Darüber unterhalten wir uns später«, sagte er. »Solange Sie hier mit meiner Großmutter bei mir wohnen, sind Sie sicher wie in der Schatzkammer der Bank von England, nur haben Sie es viel bequemer.«

Udela lachte leise.

»Ja, sehr viel bequemer«, stimmte sie zu. »Ich habe noch niemals ein so komfortables Haus gesehen, und es wird mir beinahe jeder Wunsch von den Lippen gelesen.«

»Genauso soll es sein«, sagte der Herzog. »Und wenn mein Haushalt nicht auf geölten Rädern liefe, würde ich mir selbst die Schuld daran geben und an meinem Organisationstalent zweifeln.«

»Sie sind in allem perfekt«, sagte Udela.

Er war glücklich, als er die Bewunderung in ihrer Stimme hörte und sie auch in ihrem Blick sah.

»Nachdem Sie sich nun nicht mehr vor mir verstecken, schlage ich vor, daß wir morgen früh zusammen ausreiten«, sagte er. »Ich möchte Ihnen meinen Besitz zeigen und meinen Lieblingspfad im Wald, wo ich als Kind glaubte, daß er voller feuerspeiender Drachen sei.«

»Und jetzt, nachdem Sie erwachsen geworden sind, haben Sie die Dame gerettet, die von ihnen bedroht wurde... aber es geschah in London...«

»Ab jetzt gibt es keine Drachen mehr, nur noch Elfen und Nymphen, die jenen Glück bringen, die sie sehen«, sagte der Herzog bestimmt.

Während er sprach, mußte er daran denken, daß er ungewöhnlich romantisch war für einen Mann, der sich für einen Zyniker hielt. Und es war eine Belohnung für ihn, Udela lächeln zu sehen.

Udela ging in das Zimmer der Herzogin, um sich ihr in dem neuen Reitkostüm vorzustellen. Es war tagszuvor aus London eingetroffen, und da es ein Sommerkostüm war, aus leichtem Stoff genäht.

Unter der Reitjacke trug sie eine dünne Muselinbluse,

die hochgeschlossen und am Hals mit einer Schleife zusammengebunden war. Von ihrem hohen Hut fiel ein Seidenschleier bis zu ihren Hüften hinunter, der im Wind flattern würde, wenn sie galoppierte.

Die Herzogin sah sie beifällig an.

»Du siehst reizend aus, Kind«, sagte sie. »Dieses Kostüm steht dir ausgezeichnet. Und in den nächsten Tagen wird noch mehr Garderobe eintreffen.«

»Ich glaube, das ist alles überflüssiger Luxus«, sagte Udela. »Ich kann doch jeweils nur ein Kleid tragen.«

»Aber du wirst immer wieder anders aussehen wollen, wenn du ausreitest. Denke daran, wie sehr es meinen Enkel langweilen würde, wenn du jeden Abend dasselbe Kleid tragen würdest.«

»Ich weiß nicht, ob er es überhaupt bemerken würde«, sagte Udela mehr zu sich selbst.

»Natürlich würde Randolph es bemerken, selbst wenn er dir über dein Aussehen kein Kompliment macht, wie er es tun sollte. Randolph war immer mit attraktiven, geschmackvoll gekleideten Frauen zusammen. Er sah in ihrem Äußeren stets ein Kompliment für sich selbst. Ich versichere dir, wenn du langweilig und unattraktiv aussehen würdest, verlöre er bald das Interesse an dir.«

Udela fragte sich, ob das Interesse des Herzogs an ihr wirklich etwas mit ihrem Äußeren zu tun hatte.

Sie war ihm im richtigen Augenblick über den Weg gelaufen, das wußte sie jetzt. Sie hatte ihn vor Lady Marlenes Forderungen, diese zu heiraten, bewahrt. Sein Entschluß, die Verlobung mit ihr bekanntzugeben, hatte nichts mit ihr persönlich zu tun.

Jede Frau, die einigermaßen vorzeigbar war, hätte ihm in diesem Augenblick genügt. Es war nur das sprichwörtliche Glück des Herzogs, daß sie hübsch und vorzeigbar war und seine Verwandten in aller Aufrichtigkeit glaubten, er liebe sie.

»Was quält dich?« fragte die Herzogin unerwartet.

Udela antwortete nicht.

Nach einem Augenblick fuhr die Herzogin fort:

»Mir ist gestern aufgefallen, daß du nicht sehr glücklich bist. Hattest du mit Randolph Streit?«

In der Stimme der Herzogin lag Sorge, und Udela sagte rasch:

»Nein, Ma'am. Es ist alles in Ordnung... wir verstehen uns ausgezeichnet.«

»Dann ist ja alles gut«, sagte die Herzogin erleichtert. »Ich könnte es nicht ertragen, wenn Eurer Heirat irgend etwas im Wege stünde.«

Udela hielt den Atem an.

»Ich betete jeden Abend, Jahr um Jahr darum, daß Randolph heiraten möge, und daß er endlich das Glück fände, das ihm bisher entgangen war.«

Die Herzogin lächelte Udela an und fuhr dann fort:

»Du bist noch zu jung, um es zu verstehen, liebes Kind. Aber ein Mann, der ständig Frauen nachjagt, ist nicht glücklich. Er glaubt es vielleicht, aber das wahre Glück erwächst aus der Familie, wenn er eine Frau und Kinder hat und sie die Schwierigkeiten des Lebens gemeinsam bewältigen.«

»So wünsche ich es mir auch«, sagte Udela.

»Aber um Randolph glücklich zu machen, mußt du tun was er wünscht, mindestens nach außen hin.«

Die Herzogin lächelte verschwörerisch und sagte:

»Eine Frau, die einen Mann hat, der sie liebt, kann immer ihren eigenen Willen durchsetzen. Sie muß es nicht aussprechen, sondern nur dafür sorgen, daß er glaubt, es sei sein eigener Wille.«

Udela lachte.

»Ich bin sicher, genauso hat sich meine Mutter verhalten.«

»Das ist eine Methode, die alle klugen Frauen anwenden«, sagte die Herzogin. »Und bei Randolph wird dieses Verhalten besonders angebracht sein, weil er bis jetzt verwöhnt wurde. Er glaubt, alles was gelingt, habe er seiner eigenen Geschicklichkeit zuzuschreiben. Daß du viel zu seinem Erfolg beitragen wirst, mußt du für dich behalten, und es muß dein Geheimnis bleiben.«

»Ich verstehe«, sagte Udela.

Sie beugte sich hinunter und küßte die Herzogin.

»Aber jetzt muß ich mich beeilen, sonst lasse ich ihn warten.«

»Viel Vergnügen und vergiß nicht, Udela, daß du mich sehr glücklich gemacht hast.«

»Ich werde es nicht vergessen.«

Nachdem Udela das Zimmer der Herzogin verlassen hatte, fragte sie sich, wie sie oder der Herzog jemals fähig sein sollten, einem so liebenswürdigen Menschen wie seiner Großmutter zu gestehen, daß sie niemals heiraten würden.

Es wird sie unglücklich machen, dachte Udela bestürzt.

Aber dann lief sie rasch die Treppe hinunter, denn sie freute sich darauf, mit dem Herzog auszureiten.

Er stand bereits mit den Pferden vor dem Haus und wartete auf sie.

Sie galoppierten zuerst durch den Park und erschreckten das Wild, das im Schatten unter den Bäumen beisammen stand.

»Sie reiten ausgezeichnet«, rief der Herzog.

»Glauben Sie das wirklich oder wollen Sie nur freundlich zu mir sein?« fragte Udela.

»Ich sage die Wahrheit.«

»Ich bin froh darüber, sehr froh. Das Lob würde Papa mehr als alles andere freuen. Ich bin noch niemals mit einem so edlen Pferd ausgeritten.«

»Ich habe einen ganzen Stall davon, unter denen sie wählen können.«

»Sie haben alles, was man sich wünschen kann«, sagte Udela. »Einen Stall voll herrlicher Pferde, Bibliotheken, angefüllt mit Büchern, von denen ich jedes einzelne gern lesen würde.«

Sie war auf dem Weg zum Frühstück an der Bibliothek vorbeigekommen. Es war der eindrucksvollste Raum, den sie bisher gesehen hatte. Um seine obere Hälfte lief eine Galerie. Sie hatte sich nie vorgestellt, daß ein Privatmann eine so große Bibliothek besitzen würde.

»Sie haben sich eine große Aufgabe gestellt«, sagte der Herzog lachend. »Wie lange glauben Sie, brauchen Sie dafür?«

»Ein Leben lang«, erwiderte Udela impulsiv.

Und dann wurde ihr bewußt, was sie gesagt hatte, und daß ihre Zeit nur für einen kleinen Teil der Bücher reichen würde, die die Bibliothek enthielt.

Sie wurde verlegen, gab ihrem Pferd die Peitsche und galoppierte davon.

Der Herzog holte sie ein, als sie einen großen Wald erreichte.

»Ist das der Wald, von dem Sie mir erzählt haben?« fragte Udela.

»Ja. Ein Reitweg führt mitten hindurch. Sie werden es

sicherlich genauso romantisch finden wie ich. Ich kam schon mit meinem ersten Pony hierher, als ich fünf oder sechs Jahre alt war. Und sooft ich jetzt nach Kent komme, reite ich immer am ersten oder zweiten Tag nach meiner Ankunft durch den Wald. Am anderen Ende ist ein Teich, in dem ich als kleiner Junge gebadet habe.«

»Nicht im See beim Haus?« fragte Udela.

Sie dachte an den See, der am frühen Morgen, wenn der Nebel aufstieg, wie verzaubert aussah.

»Das kam später«, antwortete der Herzog. »Der Teich im Wald hat einen besonderen Reiz für mich.«

Udela sah ihn lächelnd an. Nun sah er nicht mehr wie der furchterregende, zynische Mann aus, den sie in London kennengelernt hatte.

Sie ritten in den Wald, und Udela verstand, warum er ihn so liebte.

Der Reitweg führte zwischen hohen Fichten hindurch und war mit Gras und Moos bedeckt. Ihre Pferde bewegten sich beinahe lautlos.

Die Bäume waren sehr groß und alt, und es war, als ob sie durch eine Märchenwelt ritten.

Nach einer Wegbiegung sah Udela in einiger Entfernung das Dach eines Hauses. Überrascht fragte sie sich, warum der Herzog ihr nicht erzählt hatte, daß jemand im Wald lebte.

Der Herzog folgte der Richtung ihres Blickes und erklärte:

»Das ist ein Spukhaus.«

»Erzählen Sie mir davon«, bat sie.

»Das Haus ist sehr alt, und weil es angeblich darin spukt, wagt sich kein Mensch in seine Nähe. Vor über fünfzig Jahren brannte es fast völlig ab. Es stehen nur noch einige Mauern und ein Teil des Daches.«

»Wer hat das Haus gebaut und warum spukt es darin?«

»Einer meiner exzentrischen Verwandten hat es bauen lassen. Er haßte den Rest der Familie und besonders meinen Großvater, der damals Herzog war. Der Verwandte lebte hier in großem Komfort mit einer Anzahl von Dienstboten.«

»Und was geschah dann?«

»Als er starb, zog ein noch exzentrischerer Verwandter in das Haus ein, ein Vetter, der hier in der Gegend als Zauberer galt.«

»Und war er das?«

»Ich glaube nicht. Er interessierte sich nur für das Übernatürliche und wollte niemanden sehen und sprechen. Ein alter Diener versorgte ihn.«

»Erzählen Sie weiter.«

»Vielleicht stellte er irgendwelche Experimente an, vielleicht war es aber auch nur ein Unfall, plötzlich brannte das Haus, und mein Vetter und sein Diener kamen dabei ums Leben.«

»Wie schrecklich.«

»Niemand hat um ihn getrauert. Aber Sie können sich denken, daß die Leute in der Umgebung, die sich ihr ganzes Leben lang vor meinem Vetter gefürchtet hatten, nun, da er tot war, erst recht vor ihm ängstigten. Sie behaupten, im Haus würde es spuken, und es gibt niemanden, nicht einmal den mutigsten Wildhüter oder Förster, der bei Tag oder bei Nacht in die Nähe des Hauses ginge.«

Udela lachte.

»Ich weiß, so entstehen Legenden. In unserem Dorf gab es eine alte Frau, von der jedermann behauptete, sie sei eine Hexe, nur weil sie mit sich selber sprach und eine schwarze Katze besaß.«

»Manche Leute sind sehr abergläubisch«, sagte der Herzog. »Aber jetzt sollten wir schneller reiten, denn ich möchte Ihnen noch meinen Zauberteich zeigen, und er liegt ein ganzes Stück entfernt.«

»Der Wald ist sehr groß.«

»Ja«, stimmte der Herzog zu. »Ich werde immer wieder gedrängt, einige Bäume fällen zu lassen, aber ich liebe den Wald so, wie er ist.«

»Ich auch.«

Sie ritten schweigend weiter, und dann sah Udela plötzlich etwas Merkwürdiges auf dem Weg liegen. Sie erkannte nicht sofort was es war. Aber als sie näherkamen, sah sie, daß es ein Mann war.

Er lag auf dem Gesicht, als wäre er gestürzt.

Sie zügelte ihr Pferd.

»Was ist mit diesem Mann?« fragte sie erschrocken.

»Ich schaue nach. Halten Sie meine Zügel«, sagte der Herzog.

Er sprang vom Pferd und ging zum Mann hinüber. Als er neben ihm niederkniete, sprangen zwei Männer hinter den Bäumen hervor, packten ihn an den Armen und der dritte Mann, der bis dahin auf dem Boden gelegen hatte, sprang auf.

Udela war so entsetzt, daß sie nicht hörte, wie jemand hinter ihr auf sie zukam. Sie wurde grob vom Sattel gezogen, und ehe sie schreien konnte, preßte jemand eine Hand auf ihren Mund, und dann wurde ihr ein Tuch um den Mund gebunden, das sie knebelte. Es wurde fest in ihrem Nacken verknotet.

Udela versuchte vergeblich, sich zu wehren. Sie hörte,

daß zwei Männer hinter ihr waren. Dann wurde ihr der Hut vom Kopf gerissen und ein Sack übergestülpt, der ihr bis zu den Schultern reichte.

Man zog ihr die Handschuhe aus und fesselte zuerst ihre Handgelenke hinter ihrem Rücken und dann die Beine.

Ein weiterer Strick wurde um ihren Körper und ihre Arme geschlungen, so daß nicht nur ihre Handgelenke, sondern auch ihre Unterarme vollständig unbeweglich waren.

Sie spürte mit Entsetzen, wie sie hochgehoben und von zwei Männern weggetragen wurde.

Sie hörte, wie sie auf Zweige und Äste traten, und sie nahm an, daß sie quer durch den Wald getragen wurde. Als nach einer Weile ihr Kopf tiefer hing als ihre Füße, wußte sie, daß die Männer bergauf gingen.

Sie fragte sich voller Furcht, ob der Herzog ebenfalls weggetragen wurde. Aber sie hörte keine anderen Schritte.

Was die Situation noch furchterregender machte, war die Tatsache, daß niemand sprach.

Wo bringen sie mich hin, fragte sich Udela entsetzt. Sie betete inbrünstig:

»Gott, rette mich!«

Sie mußte plötzlich an Lord Julius denken, der sie vielleicht wieder in ein verrufenes Haus bringen wollte, wie er es von Anfang an vorgehabt hatte. Aber jetzt würde es kein Entrinnen mehr für sie geben.

Sie fürchtete vor Angst ohnmächtig zu werden und betete zu Gott, zu ihrer Mutter und zu ihrem Vater, sie mögen sie beschützen, sie retten, wie sie sie schon einmal vor Lord Julius gerettet hatten.

Die Männer, die sie trugen, mußten eine Anhöhe erreicht haben. Sie hielten einen Augenblick inne, ehe sie weitergingen. Nun wurde sie aufgerichtet, und sie nahm an, daß sie eine Treppe hinunter getragen wurde.

Zum erstenmal hörte sie Schritte von weiteren Menschen. Dies konnte bedeuten, daß der Herzog in ihrer Nähe war. Der Gedanke beruhigte sie, daß sie nicht allein war. Sie sagte sich, wenn Lord Julius sie hätte entführen wollen, dann hätte er sie in eine Kutsche bringen lassen.

Aber vielleicht wartete irgendwo eine Kutsche.

Plötzlich und unerwartet wurde sie grob auf den Fußboden gelegt. Es tat weh, weil ihre Arme hinter ihrem Rücken gefesselt waren und sie seitwärts gedreht wurde.

Gleichzeitig wurde ihr der Sack grob vom Kopf gezogen. Einen Augenblick lang sah sie nichts. Alles war dunkel.

Dann bemerkte sie, daß sie auf einem Steinfußboden lag. Zwei Männer standen neben ihr. Dann dachte sie, es wären vier Männer, aber sie war sich dessen im Dunkeln nicht sicher.

Ein weiterer Mann kam mit einer Laterne die Treppe hinunter und seine Schritte hallten auf dem Steinfußboden wider.

Sie sah, daß er wie ein Herr gekleidet war, und als er näherkam, zuckte sie entsetzt zusammen, denn es war Lord Julius, der die Laterne trug.

Sein Gesicht war so abstoßend häßlich, daß sie am liebsten geschrien hätte.

Er blieb neben ihr stehen und blickte zu ihr herunter und dann auf etwas zu ihrer Rechten. Erst da bemerkte sie, daß der Herzog nur wenige Schritte von ihr entfernt geknebelt und gefesselt auf dem Fußboden lag.

Er konnte sich ebensowenig bewegen wie sie. Seine Reitjacke war an der Schulter aufgerissen und die Knöpfe waren abgerissen. Er mußte sich heftig gewehrt haben.

Lord Julius sah seinen Bruder haßerfüllt an, als genieße er es, ihn so hilflos vor seinen Füßen liegen zu sehen.

Nach einer Weile sagte er:

»Nun, mein lieber Randolph, ich glaube, du weißt, wo ich dich hingebracht habe. Du wirst zugeben, daß es eine geschickte Lösung meines Problems ist.«

Seine Stimme klang unangenehm und gleichzeitig triumphierend. Udela spürte Ekel in sich aufsteigen.

»Du weißt so gut wie ich, daß niemand in die Nähe des Spukhauses kommen wird. Und hier, in seinen Kellern wirst du elendiglich verhungern und sterben, mein lieber Bruder.«

Lord Julius hielt einen Augenblick inne und fuhr dann fort:

»Und deine Verlobte, von der unsere Verwandten so entzückt waren, wird mit dir sterben.«

Seine Lippen verzogen sich zu einem höhnischen Lächeln, als er Udela anblickte.

»Es bekümmert mich, daß dieser junge und für mich so wertvolle Körper nun von den Würmern geliebkost wird. Aber dieses Opfer muß ich bringen.«

Er hob die Laterne ein wenig höher, als wolle er den Herzog deutlicher sehen.

»Du wirst sterben, Randolph! Du wirst langsam, und wie ich hoffe, schmerzhaft sterben. Aber sei unbesorgt, ich werde in deiner Abwesenheit das Herzogtum führen. Mein Sohn wird es erben, anstatt des deinen, und die Westrys werden nicht aussterben.«

Er lachte höhnisch.

»Da ich weiß, wie stolz du auf den Namen Westry bist, wirst du es nicht billigen, wenn einer von uns einen Mord begeht. Deshalb lasse ich dich einfach verfaulen. Es wird niemanden geben, der davon weiß, außer den Fledermäusen, den Mäusen und den Füchsen, die sich vor einem Spukhaus nicht fürchten, dem aber sonst keine Menschenseele zu nahe kommt.«

Er lachte häßlich und schrie dann:

»Ich habe gewonnen! Ich, Julius, der verachtete zweite Sohn, für den niemand ein freundliches Wort übrig hatte, habe gewonnen!«

Udela dachte, die Worte klangen wie die eines Verrückten.

Dann schrie Lord Julius:

»Kommt! Fort von hier, Männer! Überlassen wir diese beiden hier ihrem Schicksal! Ich werde euch gut für eure Dienste bezahlen. Das ist mein letztes eigenes Geld, das ich ausgebe. Von morgen an steht mir das gesamte herzogliche Vermögen zur Verfügung.«

Er brüllte die letzten Worte, und sie hallten im Keller wider.

Die Männer waren furchteinflößende Typen. Sie gingen sofort zur Treppe, als wären sie froh, den Keller so schnell wie möglich verlassen zu können.

»Eines habe ich noch vergessen, mein lieber Bruder«, schrie Lord Julius. »Ich brauche deinen Ring von deinem kleinen Finger, mit dem jeder Herzog von Oswestry seine Briefe versiegelt.«

Er ging zum Herzog zurück und trat ihm zu Udelas Entsetzen in die Seite.

Dann stellte er die Laterne auf den Fußboden, bückte sich und zog vom kleinen Finger den Siegelring, der, wie

Udela vorher bemerkt hatte, der einzige Schmuck war, den der Herzog trug.

»Ein sehr wertvoller Smaragd, hat man mir immer gesagt.«

Er sprach die Worte mit großer Befriedigung aus.

»Aber was wirklich wertvoll für mich ist, sind die Insignien darauf. Als der fünfte Herzog von Oswestry werde ich ihn benützen und zwar sehr häufig, dessen kannst du sicher sein, während du hier liegst und – stirbst!«

Er spuckte das letzte Wort seinem Bruder ins Gesicht und nahm die Laterne.

Die Männer hatten am Fuß der Treppe auf ihn gewartet.

Er stieg beschwingt die Treppe vor ihnen hinauf. Das Licht wurde schwächer, bis es schließlich verschwand.

SECHSTES KAPITEL

Als Lord Julius und die Männer gegangen waren, lag Udela einen Augenblick lang still. Sie spürte, wie es ihr schwerfiel zu atmen.

Sie konnte nicht glauben, daß dies alles tatsächlich geschehen war und nicht Teil eines schrecklichen Traumes war, aus dem sie nicht aufwachen konnte.

Der Knebel in ihrem Mund schmerzte, und der Strick um ihre Handgelenke schnitt in ihr Fleisch.

Ein schwacher Lichtschein fiel vom oberen Stockwerk in den Keller.

Sie wandte den Kopf um und sah, daß der Herzog mit dem Rücken zu ihr lag. Da kam ihr eine Idee. Sie rollte ihren Körper auf die linke Seite, so daß sie mit dem Rücken zum Herzog lag. Unter großen Schwierigkeiten und mit Mühe rutschte sie an ihn heran.

Er schien eine Ewigkeit zu dauern, bis ihre Fingerspitzen seine Arme berührten. Sie fühlte den Stoff seiner Jacke und rutschte mit dem ganzen Körper tiefer, bis sie mit den Fingerspitzen seine Hände berührte.

Er reagierte sofort, und weil sie ihn berührte, wich ein Teil ihrer Furcht. Sie wurde ruhiger und konnte nun klarer denken, was sie tun wollte.

Sie war so fest gefesselt worden, daß es ihr schwerfiel, ihre Finger überhaupt zu bewegen. Sie tastete nach den Knoten an den Handgelenken des Herzogs.

Die Männer hatten ihn glücklicherweise mit einem groben Hanfseil gefesselt, das leichter zu lösen war, als ein teurerer Strick.

Aber die Knoten waren so festgezogen, daß es ihr nicht gelang, sie mit den Fingern zu lösen. Die Fingernägel brachen ihr ab, und Panik ergriff sie. Sie fürchtete, sie müßten hier auf dem Fußboden des Spukhauses sterben, wie Lord Julius es wollte, wenn es ihr nicht gelang, die Seile zu lösen.

Vor Angst und vor Anstrengung begann sie zu schwitzen, und plötzlich stellte sie fest, daß ihr das Tuch vom Mund rutschte, mit dem sie geknebelt worden war.

»Ich kann sprechen...«, rief sie mit einer Stimme, die ihr selbst fremd vorkam. »Ich muß Sie freibekommen... ich muß!«

Dann kam ihr eine Idee. Sie rutschte noch weiter hinunter, rollte sich auf die rechte Seite und suchte mit den Lippen die Knoten der Seile an seinen Händen.

Sie hatte immer starke Zähne gehabt. Ihr Vater hatte sie geneckt und gesagt, es sei sehr undamenhaft, eine Nuß mit den Zähnen zu knacken. Und ihre Mutter hatte sie immer wieder getadelt, weil sie den Nähfaden abbiß, da dies rascher ging, und nicht nach einer Schere suchte.

Sie zerrte mit den Zähnen an den Knoten und betete dabei, sie möge Erfolg haben.

Sie dachte an die häßlichen Worte von Lord Julius, als er seinen Bruder verhöhnt hatte, und daß er wie ein Irrsinniger schrie, er habe gewonnen.

Und sie mußte daran denken, wie unglücklich die Herzogin sein würde, wenn sie erfuhr, sie habe ihren geliebten Enkel verloren, und daß Lord Julius nun seine Stelle einnehmen würde.

»Ich muß Sie retten!« sagte Udela laut.

Der Herzog bewegte sich nicht.

Udela biß in das Seil, zog und zerrte daran und plötzlich, unerwartet, gab es nach.

Erschöpft legte Udela ihren Kopf auf den Fußboden und atmete tief aus.

Sie spürte, wie der Herzog die Hände bewegte und dann seine Arme freischüttelte.

Dann hörte sie, wie die Stricke zu Boden fielen. Der Herzog entfernte mit einem erleichterten Seufzer den Knebel aus seinem Mund und sagte in einem fast normalen Tonfall:

»Ist alles in Ordnung, Udela? Haben Ihnen diese Teufel wehgetan?«

»Es ist alles gut«, antwortete Udela, aber ihre Stimme klang heiser und rauh.

Der Herzog drehte Udela vorsichtig um, so daß sie mit dem Rücken zu ihm lag.

»Ich will zuerst die Seile an Ihren Händen lösen«, sagte er. »Dann entfernen wir alle übrigen.«

Er sprach ruhig und besänftigend, wie zu einem ängstlichen Kind.

Udela sagte mit fast übermenschlicher Anstrengung: »Lord Julius hat Sie getreten... sind Sie verletzt?«

»Nein, ich bin nur ein wenig von der Rauferei mitgenommen. Aber ich habe keinen Knochen gebrochen, und das wichtigste ist jetzt, daß wir so rasch wie möglich von hier wegkommen.«

Er löste die Stricke von ihren Händen und half ihr sich aufzusetzen, so daß sie die Stricke von ihren Beinen entfernen konnte.

Dann befreite er sich selbst von den restlichen Strikken. Schließlich stand er auf, streckte Udela die Hände hin und sagte:

»Wenn Sie gehen können, sollten wir versuchen, so schnell es geht, nach Hause zu kommen.«

Udela gab ihm die Hand und stand auf. Der Herzog legte einen Arm um ihre Schulter und führte sie zur Treppe.

Udela flüsterte ängstlich:

»Glauben Sie nicht... daß die Männer draußen auf uns... warten?«

»Ich halte das für unwahrscheinlich«, sagte der Herzog. »Ich bin sicher, sie haben sich so rasch wie möglich davon gemacht. Aber ich fürchte, sie haben unsere Pferde mitgenommen, und wir werden zu Fuß nach Hause gehen müssen.«

Udela war bereit Hunderte von Meilen zu laufen, wenn sie nur wieder in die Sicherheit des Oswestry House gelangen würden.

Der Herzog mußte das gleiche gedacht haben, denn er löste seinen Arm von ihrer Schulter und ging die Treppe hinauf. Vorsichtig schob er die Kellertür auf.

Wie Udela vermutet hatte, war das Türholz vom Alter gesprungen, und das Schloß war zerbrochen.

Da Lord Julius so überzeugt davon gewesen war, daß sie sich niemals allein befreien und fliehen konnten, und es auch keine Chance für sie gab, daß irgend ein Mensch sie retten würde, hatte er sich nicht die Mühe gemacht, die Tür zu verbarrikadieren.

Der Herzog blickte sich vorsichtig um. Dann streckte er Udela die Hand hin.

Sie hielt sich an ihm so fest, als wäre er ein Rettungsseil.

»Es ist anscheinend niemand in der Nähe«, flüsterte der Herzog.

Sie traten leise aus der Ruine.

Nach der dumpfen Kühle des Kellers war die frische Luft eine Wohltat. Udela holte tief Atem und sagte:

»Bitte gehen wir rasch von hier weg.«

»Genau das habe ich auch vor. Aber wir dürfen nicht unvorsichtig sein.«

»Natürlich«, flüsterte Udela und hielt seine Hand noch fester.

Der Herzog führte sie vorsichtig zwischen den Bäumen den Hügel hinab zum Reitweg hinunter.

Udela wäre lieber zwischen den Bäumen verborgen geblieben und durch den dichten Wald gegangen. Da der Wald aber sehr alt war, wäre es beschwerlich gewesen, und sie wären nur sehr langsam durch das fast undurchdringliche Gestrüpp vorangekommen.

Deshalb folgte sie dem Herzog schweigend, bis sie den Reitweg vor sich sah. Keuchend blieb sie stehen und zog an seiner Hand.

Sie war zu entsetzt, um sprechen zu können und deutete nur auf den Mann, der auf dem Reitweg lag.

Es schien, als erlebten sie die gleiche Geschichte ein zweitesmal.

Udela war überzeugt, daß dies eine neue Falle war. Jeden Augenblick konnten sie wieder gefesselt und in den Keller zurückgebracht werden.

Sie blickte sich entsetzt um und hoffte, eine Möglichkeit zu finden, davonzulaufen.

Dann sah sie, daß der Herzog ruhig dastand und den Mann auf dem Reitweg beobachtete.

Der Mann war nur undeutlich zu sehen. Er war teilweise von den Bäumen verdeckt.

Nach einer Weile sagte der Herzog leise:

»Bleiben Sie hier, ich gehe hinunter und sehe nach, was los ist.«

»Nein ... nein ... das dürfen Sie nicht tun, ... es ist eine

Falle... Man spielt uns einen Streich und wartet nur darauf, uns wieder zu überfallen wie schon einmal.«

Sie flüsterte die Worte. Sie fürchtete sich und wollte den Herzog zurückhalten.

»Bitte gehen Sie nicht hinunter«, bat sie.

»Es ist schon in Ordnung«, sagte der Herzog ruhig. »Bleiben Sie hier. Ich verspreche Ihnen, vorsichtig zu sein. Aber ich muß wissen, was geschehen ist.«

»Nein, ... bitte ...«

»Vertrauen Sie mir, Udela.«

»Sie werden getötet! Wenn Lord Julius unten ist, wird er Sie töten!«

»Das glaube ich nicht«, sagte der Herzog leise. »Beruhigen Sie sich, und warten Sie hier auf mich.«

Er ging vorsichtig einige Schritte nach rechts.

Udela setzte sich auf einen umgestürzten Baumstamm.

»Bleiben Sie ganz ruhig hier sitzen und rühren Sie sich nicht von der Stelle«, sagte er flüsternd.

Er ging so leise wie möglich zwischen den Bäumen hindurch zum Reitweg.

Da Udela überzeugt war, daß es sich um eine weitere Falle von Lord Julius handelte, schlug sie vor Angst und Entsetzen die Hände vor das Gesicht.

Sie wußte, daß sie es nicht ertragen konnte mitanzusehen, wie der Herzog gefangen oder getötet wurde, und sie sagte sich, wenn er ermordet würde, wollte auch sie nicht mehr leben.

Ehe der Herzog den Reitweg erreichte, blieb er mehrere Minuten lang hinter einem Baum stehen und blickte sich prüfend um. Er wollte sicher sein, daß Udelas Ängste unbegründet waren.

Er war überzeugt, daß sein Bruder den Schauplatz

seines Verbrechens so rasch wie möglich verlassen hatte.

Er wußte aber auch, daß die Männer, die Lord Julius gedungen hatte, zum skrupellosesten Abschaum der Unterwelt gehörten, die alles für Geld tun würden, aber auch unter der ständigen Furcht lebten, gehängt oder auf eine der Verbrecherinseln deportiert zu werden.

Es gab mindestens zwei Anklagepunkte, für die sie sich diese Strafen zuzogen. Und die Männer wollten seiner Ansicht nach nichts anderes als Geld, um dann so rasch wie möglich wieder in London unterzutauchen.

Der Herzog überlegte, daß sein Bruder sie in einem Kremser oder einem anderen Fahrzeug hergebracht haben mußte. Er hatte den Wagen wahrscheinlich auf der anderen Seite des Waldes stehengelassen.

Nur Julius konnte gewußt haben, daß sein Bruder, sobald er hier auf seinem Landsitz angekommen war, als erstes in den Wald reiten würde, wie es seit Jahren seine Gewohnheit war. Und Julius' Verschwörung war ganz nach Plan abgelaufen, abgesehen davon, daß er nicht erwartet hatte, wie geschickt Udela ihn von seinen Fesseln befreien würde.

Der Herzog war ein starker Mann, aber er war gegen die drei brutalen Männer machtlos gewesen, die ihn hinterrücks überfallen hatten.

Und doch hatten sie Glück gehabt, denn Julius hätte ihn leicht mit einem kräftigen Stock erschlagen oder ihn ebenso leicht erdolchen können. Aber in seinem Wahnsinn wollte er ihn langsam verhungern und qualvoll sterben lassen.

Der Herzog blickte noch einmal den Reitweg hinauf und hinab, trat dann hinter dem Baum hervor und ging auf die am Boden liegende Gestalt zu.

Da sah er, daß er mit seiner Vermutung recht gehabt hatte, und Julius tot am Boden lag. Er hatte am Kopf eine blutige Wunde. Man hatte ihn mit einem schweren Gegenstand erschlagen und in seiner Brust, dicht unter seinem Herzen, steckte ein Messer.

Das Blut durchtränkte die Kleider, und es war leicht zu sehen, daß seine Taschen ausgeraubt worden waren. Außerdem fehlte der Siegelring an seinem kleinen Finger.

Der Herzog war überzeugt, daß der Ring der eigentliche Grund für Julius' Tod gewesen waren.

Er erinnerte sich daran, wie Julius gehöhnt hatte:

»Ein sehr wertvoller Smaragd, wie man mir immer gesagt hat.«

Nichts konnte für die Schurken eine größere Versuchung sein, als der Smaragdring.

Der Herzog blickte einige Minuten auf die Leiche seines Bruders und fragte sich, wie es möglich war, daß ein Mann sein Leben so vergeuden konnte, wie es Julius getan hatte, und daß er aus Eifersucht und Haß zum Verbrecher geworden war.

Dann ging er zwischen den Bäumen hindurch zu Udela zurück, und als er sich ihr näherte, sah er, daß sie die Hände vor das Gesicht geschlagen hatte und ihr ganzer Körper zitterte. Die Sonnenstrahlen, die durch die Bäume fielen, ließen ihr Haar golden leuchten.

»Udela«, sagte er leise.

Sie nahm die Hände vom Gesicht und blickte zu ihm auf. Und dann warf sie sich, ohne nachzudenken, in seine Arme.

»Sie sind nicht verletzt, Gott sei Dank! Es ist Ihnen nichts passiert! Und ich dachte, die Verbrecher würden Sie wieder fesseln.«

Er umarmte sie, und sie brach vor Erleichterung in Tränen aus. Es war, wie wenn ein Sturm losbrach.

»Ich hatte solche Angst... Sie könnten sterben«, schluchzte sie. »Ich konnte den Gedanken nicht ertragen.«

»Sie sehen, ich lebe noch, Udela, und Sie auch. Also lassen Sie uns nach Hause gehen.«

Sie nahm langsam ihren Kopf von seiner Schulter und sagte leise:

»Sind Sie ganz sicher, ...daß uns nichts passieren wird?«

Sie blickte zu ihm auf, als wolle sie sich vergewissern, daß er ihr die Wahrheit sagte.

Tränen liefen an ihren Wangen hinab, und als er sie ansah, dachte er, daß sie in ihrer Not noch lieblicher aussah.

»Ich verspreche Ihnen, daß Sie sich nicht mehr zu fürchten brauchen«, sagte er.

Als sie ihn weiterhin ängstlich ansah, beugte er sich hinunter und küßte sie.

Einen Augenblick lang war sie wie erstarrt. Dann spürte sie, wie seine Lippen von den ihren Besitz nahmen und plötzlich wußte sie, daß sie ihn liebte und ihn deshalb nicht verlieren wollte.

Der Herzog hob den Kopf und fragte ruhig:

»Ist jetzt alles in Ordnung? Ich glaube, wir haben beide genügend Aufregendes für einen Tag erlebt.«

Er nahm sie an der Hand und führte sie zwischen den Bäumen hindurch.

Udela dachte nur noch an den Kuß des Herzogs. Ich liebe ihn, ich liebe ihn, dachte sie, während sie hinter ihm her durch den Wald ging.

Sie sagte sich, daß er sie nur aus Freundlichkeit geküßt hatte, um ihre Ängste zu zerstreuen. Aber sie wußte, sie würde seinen Kuß niemals vergessen, er war wie ein Geschenk Gottes für sie.

Sie gingen lange mitten durch den Wald, bis der Herzog schließlich auf den Reitweg einbog. Da erinnerte sich Udela an den auf dem Boden liegenden Mann und fragte:

»War der Mann, nach dem Sie gesehen haben ... tot?«

»Ja. Aber wir werden später darüber sprechen.«

Nach ein paar Sekunden sagte Udela:

»Vielleicht täusche ich mich, aber ich habe das Gefühl, daß der Mann Lord Julius war.«

»Sie haben ganz recht«, sagte der Herzog. »Es war mein Bruder, und er ist ermordet worden.«

Udela hielt den Atem an.

»Ich vermute, die Männer haben ihn getötet, weil sie in den Besitz des Smaragdringes kommen wollten, den Julius mir im Keller abgenommen hatte.«

»Das ist entsetzlich«, sagte Udela leise. »Aber er tut mir nicht ... leid.«

»Versuchen Sie, nicht mehr an ihn zu denken«, sagte der Herzog.

Er blickte den Weg entlang, und plötzlich rief er:

»Die Pferde!«

Udela sah die Pferde ruhig auf dem Reitweg grasen.

»Wir haben Glück. Uns bleibt ein langer Fußweg erspart«, sagte der Herzog lächelnd.

Vermutlich waren die Räuber, nachdem sie Julius getötet hatten, in Panik geraten und hatten sich mit ihrer Beute so schnell wie möglich davongemacht.

Ihm selbst kam es jetzt darauf an, so rasch und so

bequem wie möglich mit Udela in das Oswestry House zurückzukehren.

Als sie die Pferde erreichten, und er die Zügel von Udelas Pferd hielt, fragte er mit einem Anflug von Besorgnis in der Stimme:

»Können Sie allein reiten oder soll ich Sie lieber zu mir auf den Sattel setzen?«

Udela hätte es wundervoll gefunden, ihm so nahe zu sein, aber sie dachte, es würde ihm vermutlich Unbehagen bereiten und deshalb erwiderte sie rasch:

»Mir geht es gut. Ich kann allein reiten.«

Der Herzog hob sie auf den Sattel. Dann schwang er sich auf sein Pferd und spürte dabei, daß seine Hüfte an der Stelle schmerzte, wo sein Bruder ihn getreten hatte. Außerdem mußte er sich einen Muskel im Arm verzerrt haben, als er mit den Männern gekämpft hatte.

Aber das waren unbedeutende Blessuren, verglichen mit der Tatsache, daß er und Udela frei waren, Julius nicht mehr lebte und ihre Zukunft bedrohte.

Der Herzog war jetzt überzeugt davon, daß sein Bruder irrsinnig geworden war. Aber es wäre peinlich gewesen, dies zu beweisen und schwierig, Julius zu überreden, sich behandeln zu lassen.

Als sie langsam durch den Park ritten und sich dem Haus näherten, sagte der Herzog:

»Udela, wir müssen uns eine Geschichte ausdenken. Wir müssen erzählen, daß wir zufällig Julius im Wald getroffen haben. Während wir mit ihm sprachen, haben uns Straßenräuber überfallen und ausgeraubt. Sie schlugen mich bewußtlos, als ich mich wehren wollte, und sie töteten Julius. Dann entkamen sie mit allem, was wir besaßen.«

Udela schwieg einen Augenblick und frage dann leise:

»Werden Sie Ihrer Großmutter die Wahrheit sagen?«

»Vielleicht. Ich muß darüber nachdenken, denn ich möchte sie nicht zu sehr aufregen.«

»Der Gedanke, daß auch Sie hätten getötet werden können, wird sie beunruhigen. Sie liebt Sie. Sie hat es mir oft gesagt.«

»Das macht mich sehr glücklich«, erwiderte der Herzog lächelnd. »Aber vergessen Sie nicht, daß unsere Geschichte mit dem, was im Wald vorgefallen ist, übereinstimmen muß.«

»Ich werde wenig erzählen«, sagte Udela, aber sie fügte nicht hinzu, daß sie sich zu erschöpft dafür fühlte.

Jetzt, nachdem alles vorüber war, kreisten ihre Gedanken ständig um das schreckliche Erlebnis. Es war ihr fast unmöglich, im Sattel sitzen zu bleiben und weiterzureiten.

Es kam ihr unendlich lange vor, bis sie über die Brücke ritten und endlich das Haus erreichten.

Die Stallknechte erwarteten sie, denn sie waren länger ausgeritten, als es der Herzog gewöhnlich tat.

Der Herzog zügelte sein Pferd.

Udela hielt sich krampfhaft am Sattel fest, denn sie hatte keine Kontrolle mehr über die Zügel.

Ein Stallknecht trat neben ihr Pferd, aber als sie hätte absteigen sollen, bewegte sie sich nicht.

Der Herzog warf einen Blick auf Udela und sprang sofort von seinem Pferd. Er hob Udela sanft aus dem Sattel und trug sie in das Haus.

Sie murmelte etwas, schloß die Augen und lehnte ihren Kopf an seine Schulter.

Als Udela aufwachte, sah sie, wie das Sonnenlicht zwischen den Vorhängen hindurch in ihr Schlafzimmer fiel.

Sie blieb ruhig liegen und versuchte sich zu erinnern, wo sie war.

Allmählich kam sie wieder zu sich. Ihr fiel ein, daß man ihr ein Getränk an die Lippen gehalten hatte.

Es hat mich einschlafen lassen, dachte sie, und dann erinnerte sie sich daran, weshalb sie im Bett lag.

Der Herzog hatte sie die Treppe in ihr Zimmer hinaufgetragen, nachdem sie aus dem Wald zurückgeritten waren und er hatte sie sanft auf ihr Bett gelegt und gesagt:

»Sie waren sehr tapfer. Ruhen Sie sich jetzt aus.«

Sie hatte sich an ihm festhalten und ihn nicht gehen lassen wollen, aber er war wie in einem Nebel verschwunden. Nur undeutlich hatte sie wahrgenommen, wie die Haushälterin und ein Mädchen sie auszogen.

Später war ein fremder Mann neben ihrem Bett gestanden. Es mußte der Doktor gewesen sein.

Sie konnte sich nicht mehr daran erinnern, was er gesagt hatte, sondern wußte nur, daß sie sofort eingeschlafen war, nachdem er gegangen war.

Als sie zwischendurch erwachte, hatte sie etwas Süßes und Wohlschmeckendes getrunken, das sie wieder einschlafen ließ.

Jetzt streckte sie sich im Bett und stellte fest, daß ihre Handgelenke schmerzten und ebenso ihre Beine.

Die Stricke!

Sie waren schmerzhaft gewesen. Aber sie waren jetzt frei, und Lord Julius war tot.

Der Gedanke daran glich fast einem Hauch frischer Luft, der sie belebte.

Sie fragte sich, ob sie läuten sollte, und als sie nach der Glocke griff, ging die Tür auf und die Haushälterin trat in das Zimmer.

Sie betrachtete Udela einen Augenblick und sagte dann:

»Sie sind wach, Miß. Sicher möchten Sie jetzt eine Kleinigkeit essen.«

»Wie lange habe ich geschlafen?« fragte Udela.

»Zwei Tage.«

»Zwei Tage!« rief Udela erstaunt.

»Ja, Miß. Der Doktor hat gesagt, Sie sollen über den Schock hinwegkommen. Er hat Ihnen etwas zum Schlafen gegeben.«

»Zwei Tage!« wiederholte Udela überrascht. »Aber jetzt darf ich aufstehen.«

»Nein, auf keinen Fall, Miß«, sagte die Haushälterin energisch. »Der Doktor hat Anweisung gegeben, daß Sie so lange wie möglich ausruhen, mindestens bis übermorgen.«

»Warum bis übermorgen?«

»Da findet die Beerdigung statt, Miß. Seine Gnaden haben Anweisung gegeben, daß keine Damen dabei anwesend sein sollen. Das ist sehr vernünftig, finde ich. Es ist besser, wenn bei dieser traurigen Angelegenheit nur Herren zugegen sind.«

Udela mußte bei den Worten der Haushälterin an die Herzogin denken.

»Wie geht es Ihrer Gnaden?« fragte sie.

»Sie ist sehr erregt, Miß. Nachdem Sie nun aufgewacht sind, bin ich sicher, daß Ihre Gnaden Sie sehen will. Sie hat schon ein dutzendmal nach Ihnen gefragt. Sie war sehr besorgt um Sie.«

Udela wusch sich, zog sich ein frisches Nachthemd an und bürstete ihr Haar. Nachdem sie ein köstliches Mahl zu sich genommen hatte, sagte die Haushälterin:

»Ihre Gnaden kommen Sie besuchen, Miß.«

Udela lehnte sich in die Kissen und war unerklärlicherweise nervös.

Aber als die Herzogin in das Zimmer trat, und Udela das Lächeln auf ihrem schönen Gesicht sah, streckte sie ihr impulsiv die Hände entgegen.

»Meine Liebe, wie geht es dir?« fragte die Herzogin. »Ich bin tief bekümmert, daß du bei deinem ersten Besuch in deinem künftigen Heim ein so unangenehmes Erlebnis hattest.«

Die Zofe stellte einen bequemen Sessel neben das Bett, und als die Herzogin sich setzte, während sie immer noch Udelas Hand hielt, sagte sie:

»Randolph hat mir erzählt, wie tapfer du warst. Er ist sehr stolz auf dich.«

Udela spürte, wie sie errötete.

»Er war sehr tapfer! Er wollte mit drei Männern gleichzeitig fertigwerden.«

Die Herzogin stieß einen entsetzten Schrei aus.

»Ich mag gar nicht daran denken! Wie konnte etwas so Schreckliches hier auf dem Land passieren. Wir waren hier immer so sicher.«

Sie schwieg einen Augenblick und fügte dann hinzu:

»Seit vielen Jahren habe ich nicht mehr von Wegelagerern und Räubern in dieser Gegend gehört.«

Udela schwieg.

Nach einer Weile sagte die Herzogin in einem anderen Tonfall:

»Wichtig ist jetzt, daß du dich nicht mehr fürchtest.«

»Nein, ich fürchte mich nicht, ... jetzt nicht mehr«, sagte Udela. Und da Lord Julius tot war, sagte sie die Wahrheit.

»Dann bist du so tapfer, wie Randolph es gesagt hat«, erwiderte die Herzogin. »Ich fürchtete schon, daß du nach einem so häßlichen Erlebnis sofort nach London zurückkehren willst.«

»Nein, natürlich nicht«, antwortete Udela. »Ich bin gern auf dem Land.«

Die Herzogin lächelte.

»Ich glaube, Randolph denkt genauso. Sobald die Beerdigung vorüber ist, machen wir uns eine schöne Zeit.«

Sie sah Udela an und wartete ab, ob diese eine Bemerkung über Lord Julius' Tod machen wollte.

Udela schwieg.

Deshalb fuhr die Herzogin fort:

»Randolph will zu recht keinen Skandal. Er möchte so gut es geht die Umstände geheimhalten, unter denen Julius getötet wurde. Nur unsere engsten Verwandten werden bei der Beerdigung anwesend sein, und weder du noch ich werden daran teilnehmen.«

»Ich bin sehr froh darüber«, sagte Udela leise.

»Ich auch. Aber jetzt wollen wir über angenehmere Dinge sprechen«, sagte die Herzogin.

Sie blickte zum Kleiderschrank hinüber.

»Ich weiß nicht, ob man dir schon gesagt hat, daß inzwischen viele neue Kleider für dich aus London eingetroffen sind. Sie sind alle wunderschön, und ich freue mich darauf, dich darin zu sehen.«

»Vielleicht darf ich morgen zum Abendessen aufstehen«, sagte Udela.

»Das ist eine gute Idee. Alle Trauergäste werden bis dahin wieder abgefahren sein, und du und ich und Randolph werden zusammen dinieren.«

Sie lächelte Udela verschwörerisch an und fügte hinzu:

»Wir müssen Randolph aufheitern. Heute früh stand eine gute Nachricht für ihn in der Zeitung. Ich weiß nicht, ob er sie gelesen hat.«

»Um was handelte es sich?« fragte Udela.

»Eine sehr lästige Freundin von ihm, eine Frau, die mir niemals gefallen hat und die ihm in unerhörter Weise nachlief, hat geheiratet.«

»Wer ist diese Frau?« fragte Udela.

»Du wirst sie nicht kennen«, erwiderte die Herzogin. »Ihr Name ist Lady Marlene Kelston. Sie hat einen Mann geheiratet, der meiner Meinung nach gut zu ihr paßt – Lord Humberton. Er ist alt und recht unangenehm, aber sehr, sehr reich.«

Udela schloß sie Augen.

Sofort sagte die Herzogin mit besorgter Stimme:

»Ich darf dich nicht ermüden, Liebes. Ich lasse dich jetzt wieder schlafen.«

Sie stand auf, beugte sich zu Udela hinunter und küßte sie auf die Wange.

»Schlafe gut, meine Liebe, es ist so wunderbar für mich zu wissen, wie glücklich du und Randolph zusammen sein werden.«

Udela rührte sich nicht bis sie hörte, daß die Herzogin die Tür hinter sich geschlossen hatte.

Dann vergrub sie ihr Gesicht in das Kissen, denn sie wußte, was die Nachricht der Herzogin über Lady Marlenes Heirat für sie selbst bedeutete.

Nun, da sie nicht mehr von Lord Julius bedroht und der Herzog nicht mehr von Lady Marlene erpreßt wurde, gab es keinen Grund, ihre Scheinverlobung aufrechtzuerhalten.

Er war frei, sagte sich Udela. Und er wird mich wegschicken, mir die tausend Pfund geben, wie er es versprochen hatte, und nie wieder an mich denken.

Sie erinnerte sich daran, wie er sie im Wald geküßt hatte, und sie würde es nie vergessen. Aber sie sagte sich, daß er es nur aus Freundlichkeit getan hatte, um sie von ihren Ängsten zu befreien.

Jetzt würde er sie nicht länger brauchen. Und wie er in dem Vertrag geschrieben hatte, mußte sie sofort und ohne Einwände und Klagen gehen.

Die Worte schienen in Udela widerzuhallen. Aber sie konnte nichts tun, nur fortgehen, wie sie es versprochen hatte.

Langsam begannen die Tränen an ihren Wangen herabzulaufen und schluchzend sagte sie immer und immer wieder:

»Ich liebe ihn! Ich liebe ihn!«

SIEBENTES KAPITEL

Als es für Udela Zeit war aufzustehen und sich zum Essen anzuziehen, wäre sie am liebsten im Bett liegen geblieben. Sie fürchtete sich hinunterzugehen, aber sie wußte, daß dies das Unausweichliche nur hinauszögern würde.

Das Mädchen, das ihr beim Ankleiden half, wollte die ganze Zeit über die Beerdigung sprechen.

»Es war alles sehr still, Miß«, sagte sie. »Aber die Blumen waren herrlich. Die Gärtner haben gestern den ganzen Tag gearbeitet, und der Sarg sah schön aus.«

Udela schauderte bei dem Gedanken an Lord Julius. Sie zwang sich dazu, einige bedeutungslose Bemerkungen zu machen, so daß dem Mädchen nicht auffiel, daß etwas nicht stimmte.

Dann sprach das Mädchen über die Herzogin, daß sie sich nicht wohlfühlte und ausruhte.

Die Herzogin hatte ihren Enkel Julius nicht gemocht, aber es war trotz seines schlechten Lebenswandels schmerzlich für sie zu wissen, daß sein Leben beendet war.

Er war jung und hätte mit seinen Möglichkeiten viel erreichen können, aber er hatte alles vertan und sich auch die Zuneigung seiner Verwandten verscherzt.

Udela schob diese Gedanken beiseite. Sie hatte in der Nacht stundenlang geweint, und sie versuchte nun, den Tag vernünftig zu beginnen. Ich habe Glück gehabt, großes Glück, daß ich den Herzog kennenlernen durfte, sagte sie sich. Aber das Leben würde ohne ihn nie wieder das gleiche sein, und unwillkürlich fragte sie sich, ob es nicht besser gewesen wäre, wenn sie niemals erfahren hätte, wie beglückend die Liebe sein konnte.

Als Udela eines der schönen Kleider angezogen hatte, die der Herzog für sie hatte schneidern lassen, betrachtete sie sich im Spiegel und nahm sich vor, dieses letzte Zusammensein mit dem Herzog zu genießen – die letzten Stunden, die letzten Minuten, die letzten Sekunden.

Sie wollte jede kleine Einzelheit ihrem Gedächtnis einprägen, und wenn sie das Oswestry House verlassen hatte und irgendwo weit weg lebte, würde sie sich ihn in seiner Umgebung vorstellen, sie würde seine Stimme hören und sein Gesicht vor sich sehen.

»Ich liebe ihn! Ich liebe ihn«, schluchzte sie und wußte aber, daß er schockiert wäre, wenn er es hörte.

Er hatte sie in keiner Weise betrogen, sondern ihr von Anfang an klar gemacht, was er von ihr verlangte, und daß er sie für ihre Dienste bezahlen würde.

Udela sah deutlich die Worte vor sich, die er in seiner energischen Handschrift geschrieben hatte:

»... wenn die Zeit gekommen ist, sofort und ohne Einwände und Klagen zu gehen.«

Nein, ich werde niemals klagen, sagte sie leise.

Ihre Mutter hätte sie jetzt ermahnt, sich wie eine Dame zu benehmen, während ihr Vater von ihr erwartet hätte, gelassen über die Angelegenheit hinwegzugehen.

Der Herzog hatte sich fair und korrekt benommen, und sie wußte, daß ihr Vater sich ihrer schämen würde, weil sie im letzten Augenblick ihren Teil des Handels nicht mehr akzeptieren wollte.

Sie dachte unwillkürlich, wenn Lady Marlene nicht so

übereilt geheiratet und Lord Julius nicht so rasch gehandelt hätte, wäre sie nun nicht gezwungen, den Herzog zu verlassen.

Sie hatte bis jetzt nicht einmal Gelegenheit gehabt alle Kleider zu tragen, die im Schrank hingen.

Aber sie sagte sich, daß ihr nichts anderes übrigblieb, als sich mit einem Lächeln zu verabschieden und dankbar dafür zu sein, wenigstens für kurze Zeit mit dem Herzog zusammengelebt zu haben, das nur wenigen jungen Frauen beschieden war.

»Sie sehen ganz reizend aus«, sagte das Mädchen.

»Kommt Ihre Gnaden auch zum Essen herunter?« fragte sie.

»Nein, Miß, Ihre Gnaden möchten heute nicht gestört werden.«

Udela spürte plötzlich, wie ihr Herz schneller schlug. Sie würde am letzten Abend den Herzog für sich allein haben. Sie blickte kurz noch einmal in den Spiegel, rieb sich die Wangen, damit sie nicht so blaß aussah und ging rasch die Treppe hinunter. Sie mußte sich zwingen nicht zu laufen.

Der Herzog erwartete sie im Salon.

Als sie auf ihn zuging, lächelte er sie an, und es kam ihr vor, als ginge die Sonne auf.

»Ich hoffe, Sie haben sich gut erholt, Udela«, sagte er ruhig.

»Ja, danke, es geht mir ausgezeichnet.«

»Es ist immer gut, wenn man sich Zeit läßt, einen Schock zu überwinden.«

Er reichte ihr ein Glas Champagner. Sie hatte das Gefühl, er würde sie prüfend ansehen, um sich zu vergewissern, daß es ihr wirklich gut ging.

Sie war sicher, es würde ihn nicht beeindrucken, wenn sie viel Aufhebens um das Erlebnis im Wald machen würde. Deshalb sagte sie:

»Ich habe heute Ihre Großmutter nicht gesehen. Sie wünschte keinen Besuch.«

»Großmutter hat sich fabelhaft verhalten«, sagte der Herzog. »Aber in ihrem Alter ist es nur natürlich, daß sie die Ereignisse der letzten Tage mitgenommen haben.«

»Ja«, stimmte Udela zu.

Das Essen wurde angekündigt, und der Herzog reichte ihr seinen Arm. Udela spürte, wie ihre Hände zitterten.

Nun, da der Siegelring fehlte, bemerkte sie, daß er keinen Schmuck trug. Sie fragte sich, ob er den Ring wohl vermißte und ob er Schritte unternehmen würde, um ihn wiederzubekommen.

Es würde ihm nicht schwerfallen, die Hehlernester ausforschen zu lassen oder die Orte, wo die gestohlenen Waren verkauft wurden.

Das mußte nicht unbedingt heißen, daß die Verbrecher, die Lord Julius getötet hatten, der Justiz übergeben wurden, denn der Herzog wollte jeden Skandal vermeiden.

Udela mußte sich bemühen, das Geschehene so schnell wie möglich zu vergessen.

Während des Essens gab sich der Herzog große Mühe, Udela amüsant zu unterhalten. Er erzählte ihr von seinen Auslandsreisen, berichtete ihr interessante Geschichten über seine Familie und sprach über seine Kunstschätze in seinen verschiedenen Häusern, die über ganz England verstreut waren.

Sie hörte ihm aufmerksam zu und versuchte sich jedes Wort einzuprägen. Die Erinnerung an seine Gespräche würde das einzige sein, was ihr blieb, wenn sie nicht mehr mit ihm leben würde.

Seine Erscheinung füllte den ganzen Raum aus. Er war der Mittelpunkt und das Zimmer war nur ein perfekter Hintergrund für seine außergewöhnliche Persönlichkeit.

Es kam Udela so vor, als spielten sie beide eine Rolle in einem Stück mit kleiner Besetzung. Morgen wird das Spiel zu Ende sein, dachte sie unglücklich.

In ihrem herrlichen weißen Kleid mit den Blumen im Haar, paßte sie perfekt in die Rolle, die sie spielte. Der Herzog war der Held, nicht nur für sie, sondern für jede Frau, der er begegnete.

Das Diner näherte sich dem Ende.

Udela fürchtete den Augenblick, an dem sie den Tisch verlassen und in den Salon zurückkehren mußte, denn mit jedem Schritt dachte sie:

»Es ist das letzte Mal... es ist das letzte Mal...«

»Ich schlage vor, wir setzen uns heute abend in die Bibliothek«, unterbrach der Herzog ihre Gedanken. »Ich möchte Ihnen etwas schenken.«

Während er sprach, dachte Udela, das sei die Totenglocke für ihr Glück und dieses etwas, das er ihr schenken wollte, seien die tausend Pfund, die er ihr versprochen hatte. Er würde ihr sie zweifellos in Form eines Schecks überreichen.

Sie wünschte, sie hätte das Geld ablehnen können, wie sie es schon einmal versucht hatte. Aber da der Vertrag zwischen ihnen unbefristet war und drei Tage, drei Monate oder auch drei Jahre dauern konnte, würde er den Handel, den er mit ihr abgeschlossen hatte, nicht ändern und auch nicht mehr darüber diskutieren.

Im Kerzenlicht sah die Bibliothek völlig verändert

aus. Die Vorhänge waren bis auf einen an einem Fenster, das sich zur Terrasse hin öffnete, zugezogen.

Da sie sicher war, sie könne es an diesem Abend nicht ertragen, die Schönheit des Sonnenuntergangs mitanzusehen, setzte sie sich mit dem Rücken zum Fenster und wartete darauf, daß der Herzog sprach.

Er stellte sich, wie sie es erwartet hatte, mit dem Rücken zum Kamin.

»Ich möchte Ihnen etwas sagen, Udela«, begann er zögernd.

»Wenn es sich um Lady Marlene handelt, so hat mir Ihre Großmutter schon erzählt, daß sie geheiratet hat«, sagte Udela ungeduldig.

»Dann wissen Sie es also schon. Sie wird mich nicht weiter belästigen.«

»Ja, ich weiß.«

Eine Weile herrschte Schweigen. Dann zwang sich Udela, die Worte auszusprechen, die sie so sehr fürchtete:

»Wir müssen nun unsere Scheinverlobung nicht länger aufrechterhalten. Ich verlasse morgen früh das Haus.«

»Wohin werden Sie gehen?«

Udela machte eine hilflose Geste, ehe sie sagte:

»Ich werde schon irgend etwas finden.«

»Sie haben doch nicht etwa vor, allein zu leben?«

Sie wollte sagen, daß sie sich ein kleines Haus in Little Storton mieten würde, doch dann mußte sie daran denken, daß Lord Eldridge in der Nähe lebte und sie ihm nicht begegnen wollte.

Er mußte wissen, was Lord Julius mit ihr vorgehabt hatte, und sie hatte das entsetzliche Gefühl, das es sein Verhalten ihr gegenüber beeinflussen würde. Sie konnte diese Demütigung nicht ertragen.

Der Herzog wartete auf eine Antwort von ihr, und schließlich sagte sie:

»Ich werde mir etwas ausdenken.«

»Das ist eine unbefriedigende Art, die Zukunft zu planen«, sagte der Herzog.

»Euer Gnaden müssen sich um mich keine Sorgen machen. Sie waren so freundlich ... so ... liebenswürdig und der Gedanke an das viele Geld, das Sie für meine Garderobe ausgegeben haben, macht mich verlegen. Die meisten Kleider habe ich noch nicht einmal getragen.«

»Aber Sie haben in allen, die ich gesehen habe, ganz reizend ausgesehen.«

Sie war überrascht über sein Kompliment. Dann sagte sie sich, daß er nur freundlich sein wollte, so wie er es zu vielen Frauen war.

»Ich habe mir Gedanken darüber gemacht, ob Sie jemanden kennen, mit dem Sie über Ihre Zukunft sprechen könnten«, sagte er.

Er wartete auf eine Antwort von ihr.

»Auf keinen Fall mit Ihrer Großmutter«, erwiderte sie. »Bitte halten Sie mich nicht für unverschämt, aber könnten Sie ihr vorsichtig beibringen, daß wir nicht heiraten werden?«

»Glauben Sie, daß sie sich darüber aufregen würde?«

»Ja, sehr. Sie war so glücklich ... über unsere ... Verlobung. Ich weiß, daß sie tief bekümmert sein wird, wenn sie von unserer Trennung erfährt.«

Udela war nervös und aufgeregt. Sie wußte, wie unglücklich die Herzogin sein würde, wenn die Heirat nicht zustande kam.

Die Herzogin war ihr gegenüber immer freundlich und verständnisvoll gewesen, und Udela hatte sie wie ihre eigene Großmutter geliebt.

»Sie sind also der Ansicht, daß meine Großmutter über die Auflösung unserer Verlobung schockiert sein würde?« fragte der Herzog.

»Ja, ich weiß es genau. Deshalb bitte ich Sie sehr, es ihr schonend beizubringen. Vielleicht könnten Sie ihr sagen, ich sei für eine Weile verreist, um meine Verwandten zu besuchen. Und wenn ich nicht wiederkomme, könnten sie ihr vielleicht sagen, ich sei... gestorben.«

»Gestorben?«

»Es wäre am besten für Sie.«

»Für mich?«

Udela wählte ihre Worte sorgfältig.

»Ihre Großmutter ist der Meinung, es sei ihre Schuld, daß... Ihre Liebesaffären in der Vergangenheit... immer nur von kurzer Dauer waren, ...und es sei nicht die Schuld... der betreffenden... Damen...«

Sie hielt inne und sagte dann:

»Was Lady Marlene anbetrifft, so war es natürlich anders. Ihre Großmutter hat sie niemals geschätzt, und sie war froh... sehr froh, als Sie sich nicht mehr für Lady Marlene interessierten.«

Der Herzog schwieg.

Unsicher fügte Udela hinzu:

»Bitte verzeihen Sie, wenn ich über Dinge spreche, die mich nichts angehen, aber ich kann den Gedanken nicht ertragen, daß Ihre Großmutter unglücklich ist.«

»Aber Sie kennen sie doch erst seit wenigen Tagen.«

»Man muß einen Menschen nicht lange kennen, um ihn entweder zu lieben oder zu hassen«, sagte Udela.

Sie war den Tränen nahe, weil sie daran denken mußte, daß es sich mit ihrer Liebe zu dem Herzog ebenso verhielt. Sie hatte das Gefühl, als liebte sie ihn schon seit vielen Jahren. Er füllte ihre ganze Welt aus, und wenn er nicht mehr bei ihr wäre, gäbe es für sie nur noch eine große Leere.

Nach einer Weile sagte der Herzog:

»Es hat mich schon bei unserem ersten Gespräch überrascht, wie kenntnisreich Sie über die Liebe sprachen.«

»Ich kann mich nicht daran erinnern, über die wahre Liebe gesprochen zu haben.«

»Aber jetzt sprechen Sie über die Liebe, die aus dem Herzen kommt, habe ich recht? Ich würde gern Ihre Ansichten darüber hören.«

Udela hielt es für einen Fehler, jetzt so viel von sich preiszugeben. Wie sollte sie mit dem Herzog über das Gefühl sprechen, an dem sie in seiner Intensität fast erstickte, ohne daß er merkte, wie sehr sie ihn liebte.

Sie war erregt, stand auf und ging zum Fenster.

Der Abendhimmel hinter den Bäumen im Park war noch überwältigender, als tagszuvor. Er spiegelte sich rotgolden im See und glühte mit einem Zauber, der diesen geheimnisvoll leuchten ließ.

Ich muß mir das Bild einprägen, ich muß mir jede Einzelheit einprägen, dachte Udela. Es ist das letzte Mal, daß ich diesen Blick genießen kann.

»Was denken Sie?« fragte der Herzog hinter ihr.

»Daß ich ... eine solche Schönheit bisher noch niemals gesehen habe ...«

»Ich habe das Gefühl, Sie nehmen Abschied«, sagte der Herzog ruhig.

Seine Stimme rührte sie, und Tränen traten ihr in die Augen.

Sie nahm tatsächlich Abschied. Aber das Glück, das

aus ihrem Leben weichen würde, lag in den Händen des Mannes, der neben ihr stand, des Mannes, der ihr Herz gewonnen und in Besitz genommen hatte.

»Ich möchte Ihnen dafür danken, daß Sie unser beider Leben gerettet haben«, fuhr der Herzog ruhig fort. »Ich hätte es nicht für möglich gehalten, daß Sie Stricke so geschickt lösen können. Ich muß zugeben, ich wäre niemals auf die Idee gekommen, uns auf diese Art zu befreien.«

»Sie müssen sich bei mir nicht bedanken, Euer Gnaden. Ich fürchtete so sehr, Sie könnten sterben, ... auf eine so grausame und qualvolle Art und Weise sterben ...«

»Und was wäre mit Ihnen gewesen?« fragte der Herzog.

»Ich bin unwichtig, aber Sie ...«

»Sie müssen mir zugestehen, daß ich Ihre Worte nicht ernst nehme. Sie waren sehr tapfer. Ich kann mir keine Frau in meinem Bekanntenkreis vorstellen, die mit einem solchen Mut und einer solchen Selbstbeherrschung gehandelt hätte.«

Er hielt einen Augenblick inne und fuhr dann fort:

»Nur ein einziges Mal war Sie nahe daran, die Nerven zu verlieren. Es war im Wald, als Sie mich baten, mich nicht einer weiteren Gefahr auszusetzen und nicht zu dem auf dem Weg liegenden Mann hinunterzugehen.«

Udela schwieg. Es war ihr unmöglich zu sprechen.

Der Herzog sagte mir ruhiger Stimme:

»Ich frage mich, ob Sie in diesem Augenblick wirklich nur an mich gedacht haben.«

»Aber natürlich«, sagte Udela impulsiv. »Es war sehr mutig von Ihnen, aber töricht, ... denn es hätte wieder eine Falle sein können, ... und ein zweites Mal wären Sie nicht davongekommen.«

Der Herzog sagte nachdenklich:

»Als ich zu Ihnen zurückkam und Sie sahen, daß mir nichts passiert ist, schienen Sie sehr glücklich darüber zu sein.«

»Das war ich auch...«

Udela mußte plötzlich daran denken, wie der Herzog sie geküßt hatte, und sie empfand wieder das Wunder, das sie bei der Berührung seiner Lippen überwältigt hatte.

Die Tränen liefen ihr die Wangen hinab, aber sie wischte sie nicht weg, denn sie fürchtete, der Herzog könnte bemerken, daß sie weinte.

»Ich möchte Sie etwas fragen«, sagte der Herzog, »aber es ist so lästig, immer nur Ihren Rücken zu sehen.«

Udela wagte nicht, sich umzudrehen. Sie fühlte sich wie gelähmt und mußte immer wieder daran denken, daß sie ihn nun zum letzten Mal sprechen hörte, zum letzten Mal ihm nahe war.

Wenn sie nur einen Funken Stolz besessen hätte, dann hätte sie sich sofort von ihm verabschiedet, wie er es von ihr erwartete.

»Kommen Sie zu mir, Udela.«

Seine Stimme klang jetzt gebieterisch, und Udela wagte es nicht, sich seiner Bitte zu widersetzen.

Udela zog unter ihrem Puffärmel ein kleines Spitzentaschentuch hervor und wischte sich die Tränen ab. Dann hob sie stolz das Kinn und bemühte sich, gelassen zu wirken.

Sie drehte sich um und ging langsam zum Herzog hinüber. Er sah noch blendender aus als je zuvor.

Sie wollte ewig dankbar sein, daß es ihr vergönnt gewesen war, ihm zu helfen.

Er kam ihr nicht entgegen, und als sie vor ihm stand, sah er sie lange an. Dann fragte er:

»Warum haben Sie geweint?«

Sie hielt seine Frage für so töricht, daß sie sie nicht beantwortete. Statt dessen sagte sie:

»Wenn es Ihnen recht ist, werde ich morgen früh das Haus verlassen, ehe Ihre Großmutter aufwacht.«

»Ich vermute, daß ich um diese Zeit ausreite. Deshalb ist es wohl am besten, wenn wir uns schon heute voneinander verabschieden.«

Udela holte tief Luft, dann sagte sie so leise, daß er Mühe hatte, sie zu verstehen:

»Ehe ich gehe, ... möchte ich Sie ... um etwas bitten.«

Er war über ihre Worte überrascht, aber nach einer Sekunde sagte er:

»Aber gern, immer.«

»Würden Sie mich ... noch einmal ... küssen?«

Sie hatte es ausgesprochen, es war ihr unmöglich erschienen, aber sie hatte es ausgesprochen.

Sie wollte ihn ansehen, aber es gelang ihr nicht.

Sie hob ihr Gesicht zu dem seinen, behielt aber die Augen geschlossen.

Einen schrecklichen Augenblick lang fürchtete sie, er würde ihren Wunsch ablehnen. Aber dann spürte sie, wie er sie in die Arme nahm, sie an sich zog, und dann lagen seine Lippen auf den ihren.

Sie hatte sich nach diesem Kuß gesehnt, seitdem er sie zum ersten Mal im Wald geküßt hatte, ja eigentlich seit dem Augenblick, als sie ihn zum ersten Mal gesehen hatte.

Es war nicht nur der Taumel, den er in ihr ausgelöst hatte, als er sie im Wald küßte, sondern es war ein Teil der Schönheit des Sonnenuntergangs, der Pracht des Himmels und des glitzernden Sees.

Es war alles das, was schön war, und dazu gehörte auch das Haus, aber vor allem war es die Liebe, die sie in sich hatte wachsen spüren, bis es nichts anderes mehr gab als ihn.

Seine Lippen wurden besitzergreifender, fordernder, und er zog sie noch enger an sich, bis er ihr den Mond und die Sterne und die ganze Welt schenkte.

Das ist die Liebe, die ich gesucht habe, und die ich niemals zu finden hoffte, dachte Udela.

Sie preßte sich an ihn und wünschte, sie möge sterben, weil sie fürchtete, ein solches Glück niemals wieder zu erleben.

Dann hob der Herzog den Kopf und fragte:

»Ist es das, was Sie wollten?«

Sie blickte zu ihm auf, verwirrt über das Wunder ihrer eigenen Gefühle.

»Ich möchte sterben«, murmelte sie.

Sie hoffte, er möge es nicht gehört haben. Tränen traten ihr in die Augen, und sie befreite sich aus seinen Armen und lief zur Tür.

Jetzt war es ihr einziger Wunsch, von ihm wegzulaufen. Er hatte getan, worum sie ihn gebeten hatte und nun mußte sie ihren Teil der Abmachung erfüllen.

Es schien ein langer Weg bis zur Tür zu sein. Die Tränen liefen ihr an den Wangen hinab, aber irgendwie erreichte sie die Tür.

Da hörte sie ihn sagten:

»Sie haben etwas vergessen, Udela.«

Sie blieb stehen.

»Ich möchte Ihnen dies hier schenken.«

Sie drehte sich um und ging langsam zu ihm zurück.

Er mußte ihr auf halbem Weg entgegengekommen sein, denn durch die Tränen hindurch sah sie plötzlich seine Hand vor sich.

Der Herzog hielt einen Briefumschlag in der Hand.

»Der ist für Sie.«

Sie nahm ihm den Umschlag automatisch ab. Sie wußte, was er enthielt.

»Ich möchte, daß Sie hineinsehen«, sagte er ruhig.

»Das ist nicht nötig«, murmelte sie.

»Bitte öffnen Sie ihn, Udela.«

Sie hatte ihr Taschentuch verloren, deshalb wischte sie sich die Tränen mit dem Zeigefinger von den Wangen.

Mit zitternden Händen öffnete sie den Umschlag.

Sie wußte, was sie darin finden würde. Sie zwang sich aber hineinzusehen und hoffte, daß es nicht mehr Geld sein möge, als er ihr versprochen hatte.

Erstaunt sah sie nur ein Blatt Papier darin, auf dem drei Worte standen.

Die Worte waren klar und deutlich und in seiner energischen Handschrift geschrieben:

»ICH LIEBE DICH!«

Sie keuchte ein wenig, und dann warf sie sich in die Arme des Herzogs.

Als sie sich an ihn preßte, sagte er ruhig:

»Dachtest du wirklich, wir könnten uns voneinander trennen, mein Liebling?«

»Das kann nicht ... wahr sein«, murmelte Udela.

»Aber es ist wahr. Es ist schon sehr lange wahr. Ich fürchtete mich nur davor, es dir zu sagen.«

»Warum?«

»Weil ich nicht sicher war, ob du mich auch liebtest.

Ich hätte es nicht ertragen, noch einmal enttäuscht zu werden.«

»Wie konntest du denken, ich würde dich enttäuschen?« fragte Udela.

Es fiel ihr schwer zu sprechen, überhaupt zu denken. Sie wußte nur, daß er sie festhielt, und daß ihr Herz wie rasend schlug, weil er gesagt hatte, er liebe sie.

Der Herzog hob sanft ihr Kinn hoch.

»Sieh mich an, mein Liebling.«

Ihre Augen leuchteten.

»Nun sage mir, was du für mich empfindest«, bat er zärtlich.

»Ich... ich liebe dich. Ich liebe dich«, sagte Udela. »Aber ich habe niemals gehofft, daß du mich wiederlieben würdest.«

»Ich hoffte, daß du mich liebst, als ich dich im Wald küßte. Aber ich fürchtete, du könntest mich täuschen und hättest es nur auf meinen Titel und mein Geld abgesehen, wie so viele andere Frauen in der Vergangenheit.«

»Wie konntest du so etwas von mir denken«, flüsterte Udela.

»Ich glaubte es nicht ernstlich. Aber ich wollte mich davor schützen, wieder verletzt zu werden.«

»Ich möchte dir niemals weh tun.«

»Das weiß ich jetzt. Und als du die Stricke von meinen Händen so geschickt gelöst hattest, war mir klar, du tatest es mehr um meinetwillen als um deinetwillen.«

»Ja, das habe ich auch getan. Ich fürchtete verzweifelt, du könntest sterben.«

»Mein Liebling.«

Seine Lippen lagen auf den ihren, und er küßte sie, bis

die Welt sich um sie drehte, und sie glaubte, sie wäre im Himmel.

Lange Zeit später setzten sie sich auf das Sofa, und er hielt sie immer noch fest in seinen Armen.

»Wann wirst du mich heiraten, mein Liebling?«

Sie sah ihm in die Augen.

»Bist du ganz sicher, daß du mich heiraten willst? Du bist in jeder Hinsicht so großartig, so bewundernswert, ... ich fürchte, wenn du mich länger kennst, wirst du enttäuscht von mir sein.«

»Mein ganzes Leben lang habe ich gewußt, daß es dich irgendwo auf der Welt gibt, ich mußte dich nur finden«, sagte der Herzog. »Und dann wurde ich so oft desillusioniert, daß ich schließlich glaubte, es sei unmöglich.«

»Warum warst du desillusioniert?«

Er zögerte, und sie sagte rasch:

»Du mußt es mir nicht erklären.«

»Ich zögere, mein Liebling, weil ich jetzt dich gefunden habe. Alles andere ist nun unwichtig.«

»Bitte erzähle es mir.«

»Die Geschichte ist so gewöhnlich, daß ich mich ihrer schäme. Ich verliebte mich in ein schönes Mädchen, als ich noch sehr jung und unerfahren war.«

Udela empfang einen Stich der Eifersucht, aber sie sagte nichts, und der Herzog fuhr fort:

»Sie paßte in jeder Hinsicht zu mir, und unsere Eltern stimmten unserer Heirat zu. Sie waren nur der Meinung, wir sollten warten, bis ich einundzwanzig Jahre alt war.«

Er hielt inne.

»Und was geschah dann?« fragte Udela.

»Das Mädchen, von dem ich glaubte, es liebe mich ebenso sehr wie ich sie, fand einen anderen Mann interessanter. Mein Nebenbuhler war der regierende Fürst eines deutschen Fürstentums, eines kleinen Fürstentums zwar, aber er war immerhin ein Fürst.«

»Und deshalb hat sie eure Verlobung gelöst?«

»Sie sagte mir, sie liebe mich, aber sie wolle an erster Stelle Fürstin werden. So einfach war das.«

Udela schwieg, und der Herzog fuhr fort:

»Man könnte es auch so ausdrücken, sie hat ihre Liebe für eine Krone verkauft.«

Udela schlang ihre Arme um seinen Hals, als wolle sie ihn nachträglich noch trösten.

»Wie kann ich dir jemals verständlich machen, daß ich dich auch dann lieben würde, wenn du so arm wärst wie ich und völlig bedeutungslos«, sagte sie.

Und leise fügte sie hinzu:

»In einer Hinsicht wäre mir das sogar lieber, denn dann könnte ich für dich sorgen und du würdest wissen, daß meine Liebe nur dir allein gilt und nicht deinem Reichtum, deinem Besitz oder etwas Käuflichem.«

Der Herzog zog sie so fest an sich, daß sie kaum atmen konnte.

»Das weiß ich jetzt, mein Liebling. Als wir in diesem furchtbaren Keller lagen, dachte ich, wenn ich sterben muß, dann möchte ich mit jemandem sterben, den ich liebe.«

»Und ich dachte das gleiche«, flüsterte Udela. »Aber weil ich dich so sehr liebte, wollte ich, daß du lebst, selbst wenn ich dein Leben nicht mit dir hätte teilen dürfen.«

»Ich liebe dich, und ich werde mein ganzes Leben damit verbringen, dich die Tiefe meiner Liebe fühlen zu lassen. Ich schwöre dir, daß du dich nie wieder fürchten sollst. Alle Drachen sind vertrieben, Udela. Und ich will dich nie wieder ängstlich oder unglücklich sehen.«

Er küßte ihre Augen.

»Es wird keine Furcht mehr geben und keine Angst, mein geliebtes Herz. Ich möchte, daß du lächelst. Ich möchte dich lachen hören und ganz sicher sein, daß du mich wiederliebst.«

»Ich liebe dich«, sagte Udela. »Ich liebe dich so sehr, daß du ein Teil meiner Selbst geworden bist, ein Teil meiner Gedanken, meiner Träume.«

Sie sprach sehr leise.

»Hast du von mir geträumt, meine bewundernswerte, kostbare kleine Liebe?«

»Ja, jede Nacht«, sagte Udela. »Und als ich während der letzten beiden Nächte nicht schlafen konnte, habe ich mir vorgestellt, daß du mich küßt.«

Er hob ihr Gesicht zu dem seinen empor und sagte: »Wir werden sofort heiraten und ins Ausland in die Flitterwochen fahren. Und niemand wird erfahren, wo wir sind.«

»Das wird herrlich!«

»Und da Großmama so entzückt über unsere Verbindung ist, können wir es ihr getrost überlassen, die richtigen Ausreden zu erfinden, warum wir keine prunkvolle Hochzeit veranstalten«, sagte der Herzog lächelnd.

»Ich möchte nur mit dir allein zusammensein.«

»Das wollte ich eben auch sagen«, antwortete der Herzog. »Wir denken oft das gleiche, mein Liebling. Über diesen Punkt brauchen wir also nicht zu streiten.«

»Ich will niemals mit dir streiten.«

»Ich bin sicher, du wirst es tun, aber nur über Dinge, auf die es nicht ankommt«, sagte der Herzog. »Mein Liebling, es kommt mir darauf an, endlich den Menschen gefunden zu haben, der mich um meiner selbst willen liebt. Du hast mir dein Herz geschenkt, mein Herz.«

»Du weißt, daß dies wahr ist.«

»Und es ist so kostbar, daß kein Geld und kein Titel es einhandeln kann.«

»Das wollte ich dir von Anfang an verständlich machen«, sagte Udela. »Ohne Liebe ist die Welt tot und leer, und ich würde lieber sterben, als ohne dich zu leben.«

»Du wirst leben, mein Liebling, denn ich möchte dich immer bei mir haben. Und wir empfinden so viel Liebe füreinander, daß es ein Jahrhundert dauern wird, um sie auszuleben, mein Herz.«

Er küßte sie wieder, küßte sie, bis Udela glaubte, er trage sie zu den Sternen empor, die jetzt draußen am Himmel leuchteten.

Und es leuchteten auch Sterne in ihren Herzen und in ihren Seelen, die Sterne der Liebe, die alle Menschen suchen, nur wenige aber das Glück haben, sie zu finden.

BARBARA CARTLAND

Die unbestrittene Königin des historischen Liebesromans

01/6604

01/6714

01/6770

01/6869

01/6961

01/7657

01/7759

01/7901

JEAN PLAIDY

Der scharlachrote Mantel
01/7702

Die Schöne des Hofes
01/7863

PHILIPPA CARR

Die Dame und der Dandy
01/6557

Die Erbin und der Lord
01/6623

Die venezianische Tochter
01/6683

Im Sturmwind
01/6803

Die Halbschwestern
01/6851

Im Schatten des Zweifels
01/7628

Der Zigeuner und das Mädchen
01/7812

Darüber hinaus sind von Philippa Carr noch als Heyne-Taschenbuch erschienen: „Das Schloß im Moor“ (01/5006), „Geheimnis im Kloster“ (01/5927), „Der springende Löwe“ (01/5958), „Sturmnacht“ (01/6055), „Sarabande“ (01/6288).

Wilhelm Heyne Verlag München